曾仕强品三国

2

领导智慧

一本书读懂三国背后的

曾仕强 著

廣東旅游出版社
GUANGDONG TRAVEL & TOURISM PRESS
悦读书·悦旅行·悦享人生
中国·广州

图书在版编目（CIP）数据

曾仕强品三国. 2 / 曾仕强著. — 广州：广东旅游出版社，2016.11
ISBN 978-7-5570-0578-8

Ⅰ. ①曾… Ⅱ. ①曾… Ⅲ. ①《三国演义》评论 Ⅳ. ①I207.413

中国版本图书馆 CIP 数据核字（2016）第 233119 号

曾仕强品三国 2

Zengshiqiang Pin Sanguo2

广东旅游出版社出版发行
（广州市环市东路 338 号银政大厦西楼 12 楼 邮编：510180）
印刷：北京嘉业印刷厂
（地址：北京市大兴区黄村镇李村）
广东旅游出版社图书网
www.tourpress.cn
邮购地址：广州市环市东路 338 号银政大厦西楼 12 楼
联系电话：020-87347732　　邮编：510180
787 毫米 ×1092 毫米　16 开　10.25 印张　115 千字
2016 年 11 月第 1 版第 1 次印刷
定价：39.00 元

CONTENTS
目　录

第二章　领导的智谋胆识关系团队发展

第三章　领导知人善任的方圆之道

第一章

Chapter 1

领导是团队管理的核心

第一节　全盘思考，领导要有大局观

荀子说："夫道者，体常而尽变，一隅不足以举之。"一个角落不能代表全体。所以领导者要为自己树立整体观，不能强调某一种导向，以免走入一隅。领导者若想在内心形成这种管理整体的概念，就应该以理念导向来统合各种导向。理念导向，就是以管理大道来引领管理，它们是全面的、整合的，是不可分割的。

三国分分合合：把握大局才能正确决策

《三国演义》第一回，劈头便说：天下大势，分久必合，合久必分。这告诉我们一个十分重要的道理：一切都事在人为。分久了，人心想着要合，天下就统一了；合久了，产生很多矛盾，彼此不能协调，人心急着要分，天下就分裂了。看起来是自然的趋势，我们称之为天意；但实际上是人为的，取决于人心。战国末期七国纷争，弄得民不聊生，百姓盼望早日统一，所以并入于秦。秦朝灭亡引起楚汉纷争，又造成西汉的统一。三国时期天下大乱，三国鼎立，却暗示着最后也会统一。

最重要的是：合的时候要避免分的因素，而分的时候，应该制造合的气氛。合久必分，表示合的时候，已经种下很多分的因素，日积月累，终于爆发为分的局面。分久必合，同样表示分的时候，必须产生很多合的缘由，才会在时机成熟时统合在一起。而这种种，都在于人为。所以人心的变化才是至关重要的。《三国演义》开始于公元184年，当时人心思乱，盗贼蜂起。各地爆发的黄巾起义，打击了东汉王朝，这才产生后来很多曲折的故事。

我们从中国的历史来看，百姓渴望统一远大于分裂。这和西方历史的分大于合呈现出不一样的心态，也影响了东西不同文化对事物的不同理解。

在古老中国，农民发展出一套农业灌溉系统。大家必须和睦相处，以便共同用心，并且确保没有人动歪脑筋搞鬼。西方文化则根植于希腊，希腊人有较多的自由经营农地、种植葡萄和橄榄，就像个别商人那样，可以独自完成任务。因此，凡事以个人为主，随时保持竞争的心态。东方人多，社会互动比较复杂，必须更加注意别人的反应。西方人少，社会互动相对单纯，所以个体性强。甚至于日常生活、观念和态度也不一样。譬如吃饭，中国人是把所有的菜肴放在桌上，多个人坐在一起，各取所需。西方人则每人一份，就算坐在同一桌，也是各吃各的，互不干扰。分合之间的选择，东西方显然有差异。

但是，分了以后要合，往往会诉诸武力。换句话说，打到统一为止。而合了之后要分，好像也是非打不可。打来打去，倒霉的是老百姓，老百姓跟着打，却不知道为什么打。三国时代，由于王室不振，中央弱得控制不了地方势力。如果以西方的观点，这种情况下，干脆各自独立也就算了。但是在中国人看来，独立就是叛乱，非加以剿灭不可。谁出面剿灭叛乱谁就是保护皇室朝廷，正气凛然。在这种情况下，“先天下之忧而忧，后天下之乐而乐”的忧患意识特别高涨。中华民族得以凝聚、同化、生存、发展，其实有赖于这种合的精神力量。

时至今日，我们应该明白，合才是常，而分则是变。全球化表示人类即将趋于统合，国际化代表世界将会有某种程度的统一。从时势的演化来推论，现在正是合的时期。因为科技发展，毁灭性的武器太过厉害，人类已经没有了战争的本钱，鉴于此，人心思合，朝统一的方向而努力！

领导力箴言

老子在《道德经》开篇有言：“道可道，非常道。”中国式的领导经管理念综合起来就是一个“道”字。道是对应着时在变的，而且有“常道”，就有“非常道”，我们所看到的往往都是“非常道”。“常道”在人脑海里，是看不见的。如果一个领导连“常道”都没有，也看不清时局的变化，就和基层员工一样，整天坐在那里，那就叫随着潮流起起伏伏，是没什么了不起的。事实上，一个领导赶不上时代的潮流，摸不清时局的脉搏，是不能前进的。如果一个领导者只会随波逐流，那他早晚也会被这个时代淘汰。

“道”字就好比一个大局，一时间很难看清楚。在时代潮流中，领导者一方面要顺应市场，应对万变；另一方面也要根据变幻莫测的时局，开拓新局面。因此，看清大道时局“合久必分，分久必合”的必然规律，顺时而动，随需而变，作出正确的分析和决策，是领导者必不可少的大局观念。

刘备信水镜：头脑清醒才能抓住机会

人的一生当中，总有某些转折点，表示另一个阶段的开始。如果能够保持清醒的头脑，把握时机，调整方向，做好合理的调整，那就叫作幸运。刘备的一生，桃园三结义是一个重大的转折点；遇见水镜先生，又是一个重要的转折点。

在荆州的时候，刘备接到情报，知道蔡瑁设计害他，当时东、南、北三个方向都有军马把守，只有西门可以逃走。他赶紧拉着的卢马，飞身上马，加鞭而出。行不多远，一条大溪拦住去路，而蔡瑁已经引军从后面赶来。在前有檀溪、后有追兵的危急情况下，刘备跃马檀溪，死里逃生。

在正常的情况下，的卢马不可能飞跃檀溪。但在情急之下，此马竟然如有神助，帮助主人逃过一劫。惊魂甫定中，刘备看到了骑牛的牧童，听到了短笛的声音。牧童骑牛吹笛子，在乡村是常态，刘备却感叹道“吾不如也”，这是他当时的心情产生的反应。牧童认识刘备，使刘备大为吃惊，又因为在受惊的状态下，所以刘备有种受宠若惊的感觉。后来牧童说他之所以认识刘备，是因为他师父水镜先生说刘备是个英雄，于是，他带刘备去见水镜先生。刘备跟着牧童去见水镜先生的时候，听见了优美的琴声。水镜先生正在弹琴，刘备不让人通报站在外面专心听琴，水镜先生忽然停止弹琴，走了出来，说是从琴声中知道有英雄来访。这是不是故弄玄虚？谁也不知道。水镜先生当然有很高的修养，甚至也能够未卜先知。此时此地的刘备更容易相信水镜先生的话，这也是由于心理上的期待。

水镜先生把握难得的机会，告诉刘备，应该赶快向奇才求助，才能成就大业；并且向刘备推荐了卧龙、凤雏，使刘备一改以往的观念，诚心诚意地寻求高人辅助。桃园三结义后，刘、关、张三人结成志同道合的联盟。刘备有了武将却尚没有主持大局、统筹谋划的军师，所以当水镜先生向他推荐卧龙和凤雏的时候，他清醒地认识到了这一点。

这是刘备集团发展壮大的正确方向。刘备明晰了正确的方向，最后终于请出了诸葛亮，所以说这是一个十分重要的转折点。作为领导者，刘备在刚刚经过生死大劫后能够冷静下来，保持清醒的头脑，听取、接受他人的意见，明晰正确的方向，这是难能可贵的。

刘备为人谦虚，很低调，这是他能够领导众多强将人才的关键一点。一个有成见、有主见的人，是不容易学到东西的。只有把脑袋放空，脑海空空的时候，才能装进新的东西。领导不固执，便会十分谦虚地请教有关专家的意见，以冷静的态度，依据安人的目标，来达成正确而有效的决策。

领导力箴言

领导必须先有清醒的头脑，才能在现代的环境中，找出合乎自己要求的管理大道。头脑不清楚，再明确、再具体的管理制度和方法都会被用得凌乱而模糊。头脑清楚，再虚的近乎空洞的管理大“道”，也会看得透彻，自成明显的系统。同样一句话，头脑清醒的人，一下就听懂了，觉得很简单明了；头脑不清醒的人，怎么听也听不懂，那你有什么办法？此外还有一个最关键的内容，那就是领导最好能够时刻保持一种自我归零的状态，以便自己可以时刻站在从头出发的起点上。领导只有先把自己放空，才能将别人最正确的东西听进去，做下去。

第二节　统筹全面，领导要明确团队理念

诸葛亮细解隆中对策：理念导向是管理大道

刘备三顾茅庐请诸葛亮出山，而诸葛亮早在未出山之前，就从战略上，对全局做了十分深入的研究，并已做好了天下布局的计划。因此，诸葛亮才会在跟刘备分析当时的形势，以及站在刘备的立场，为他作出未来的整体规划时，能一下说到刘备心里，使他自然而然地接受自己的建议。因为他们对谈的地点在隆中，所以大家都称诸葛亮的这些建议为隆中对策。

诸葛亮首先指出：曹操打败袁绍之后，已经拥有百万军队，又挟天子以令诸侯，不适合与他正面冲突。

接着说孙权据有江东，已历三世，地势险要而民心归附，可以与他合作，也很难抢他们的地盘。

然后才针对刘备说有一块土地，好像是上天特别留下来给他使用的。那就是荆州和益州，领域也不小。

刘备虽然胸怀大志，却对天下大势并不十分了解。刚开始他以为曹操打不得，孙权不能打，自己已经毫无希望，不免有一些伤感。忽然听到还有荆州和益州，不觉眼前一亮，连忙请教如果这样的话，要怎样规划才有发展。

诸葛亮暂停一下，想知道刘备的反应如何。若是刘备只想拥有荆、益两州，造成三国鼎立，便余愿已足，他实在没有必要下山，做这种没有意义的事情。三分天下，只是一种手段、一个过程，不应该是目标。幸好刘备也这样想，诸葛亮才提出三国鼎立之后的远程规划，主要有两点。

第一，联吴抗曹，这是基本策略，不能轻易改变。

第二，待时机成熟，分东、西两路北伐。东路由荆州出发、西路由益州出发，使曹操不得不分散兵力。如果孙权再加兵支援，则霸业可成，汉室可兴矣。这才是远程的目标。

在短短几分钟之内，诸葛亮把曹操和孙权的势力和地盘，进行了明确地归纳，指出荆州和益州才是刘备的用武之地。三分天下，曹操靠天时，孙权占地利，刘备必须善用人和。说得完整具体，刘备非常兴奋，只提出了一点疑问：荆州刘表、益州刘璋，说起来都是汉室宗亲，他怎么忍心抢夺这些地方？诸葛亮三言两语就把这个问题说得十分透彻，这让刘备更加安心。

如果不能在三五分钟之内把一件事情说清楚，就表示对于事情的根本还不能充分掌握，这时候说来说去，也只是在枝枝节节上面兜圈子。再复杂的事情，也要在三五分钟之内说明白，才显得抓住了根本，有充分的把握。诸葛亮若是啰啰唆唆，讲个没完没了，恐怕刘备也听不进去。说不定敷衍一下，客套邀请诸葛亮出山，诸葛亮一客气，也就不勉强。三顾茅庐的结局，就成为空欢喜一场。

预测未来，只可以说出大方向，不适合涉及细节。因为变数太多，过程很可能难以预料，说多了反而不准。但是大方向不会改变，只要看得准，说出来就不会错，便是料事如神。隆中对策把今后天下的大方向说得十分明确。刘备是局中人，心里更明白，诸葛亮所说的，势在必行。只是以往自己进退无据，才浪费了这么多时间。诸葛亮带着完整的战略，又与刘备事先建立共识，准备妥当，又在刘备诚意相邀的礼遇下出山，可以说是戏未上演先轰动！

领导力箴言

一个领导者要对管理有整体的概念，并以理念导向来统合各种导向。理念导向，就是以管理大道来引领管理，它们是全面的、整合的，是不可分割的。纵观大局，倘若领导者可以将理念导向作为自己管理行动的基石，那必然会在不久的将来收获意想不到的效果。

刘备能够率领蜀汉集团，取得与曹操、孙权三分天下的霸业，离不开诸葛亮隆中对策的战略分析和大局统筹。可惜后来基本策略有所改变，后半段的规划更是无法完成。但树立一个整体的战略理念，对企业的发展至关重要。领导者必须先定关系全局的战略方针，将未来整个行动的大方向了然于心，才能更好地运筹帷幄，统掌全局。

赤壁之战：有大智慧是领导者必备

赤壁之战，对刘备来说实在太重要了。倘若孙权降曹，刘备很快就会被曹操消灭。就算孙刘联合起来，要战胜曹操，又谈何容易？因此诸葛亮不得不装神弄鬼，竭尽所能，务求联吴成功。赤壁胜曹，奠定了刘备之后发展的基础。

实际上，当时的刘备由于关羽斩颜良，不得不向袁绍献计南连刘表，借故离开袁绍，赶忙投靠荆州。刘表对刘备，表面上很客气，还说要把荆州让给刘备，内心则十分猜疑，对刘备很不放心。曹操听说刘备屯兵新野，便出师南征。这时候刘表已死，次子刘琮继位，索性归顺了曹操。刘备且战且退，兵微将寡，已经是十分危急。可以说生死存亡，就在赤壁这一战役。

果然不出诸葛亮所料，曹操一再上当，百万雄兵顷刻化为灰烬。刘备趁机占领南郡、长沙、零陵、桂阳等地，总算有了一些地盘，勉强称得上鼎足而立，三分天下。但是，和曹操、孙权相比，仍然是最为弱小的势力。就算如此，毕竟顺利完成了隆中对策的第一步。对刘备来说，可以说是有生以来首次站稳脚跟。

我们常说人有旦夕祸福，刘备这次喜出望外，更能充分体会这种感觉。不过事在人为，如果不是诸葛亮竭尽心力，岂能有这样的成果？以人为本的中华文化可贵处即在于有人才有事。

如果说官渡之战，使曹操以寡胜众，气势大增。那么赤壁之战，刘备同样以寡胜众，大增气势。赤壁之战比官渡之战的作用更加重大，从此天下三分。作为一个领导者，在作出决策之前，一定要广泛地搜集意见，一旦决策既定，就要果断坚决，勇往直前。虽然可以边做边调整，但方向应是不能变的，目标坚定，只是包容各种变数，随着需要而改变，绝非犹豫不定，踌躇不决。

领导力箴言

领导者的素质，主要在于大智大慧。大智指“具有解决决策问题的知识”，而大慧则指“能够聪敏地看清事实的真相以及相关的德行”。两者合在一起，成为我们常说的“道”。荀子在《天论篇》中明白指出：“万物为道一偏，一物为万物一偏，愚者为一物一偏，而自以为知道，无知也。”其意为万物者都不过是道的一偏，一物更是万物的一偏。而愚者所见，又是一物的一偏，这时候如果认为自己是知道的，那就是一无所知了。道是大智，应该把所有事物合在一起看，合在一起想。

可惜像慎子、老子、墨子、宋子这些已经十分了不起的人，有时候还会陷入一偏之见。荀子说：“慎子有见于后，无见于先；老子有见于诎，无见于信；墨子有见于齐，无见于畸；宋子有见于少，无见于多。”慎子即慎到，主张随后而不必争先，因为他只看到后的一面，却没有看见先的一面。老子提倡守柔，不敢为天下先，只看到屈的一面，忽略了伸的一面。墨子兼爱，没有尊卑的差等，显然只看到齐的一面，没有注意到畸而不齐的一面。宋子即宋钘，只见到欲少的一面，忽视欲多的一面。荀子批评有后无先，则群众无门路可循；有屈无伸，则贵贱无所分别；有齐无畸，则政令无从施行；有少无多，则群众无由成化。这些都是自以为是而不知晓更有大道的存在。他在《解蔽篇》中提出“夫道者体常而尽变，一隅不足以举之”的观念，认为道虽有体有常，却其变难尽，这些一面之见，不过代表道的一偏、一隅，不足以涵盖道的整体；持有一偏之见，便成为曲知之人。

曲知之人，其智慧有所偏重，往往只知其一，不知其二，在今天称之为“专家”。专家决策，依荀子的见解，内以乱于己，外以欺于人，造成上以蔽下、下以蔽上的蔽塞之祸，实在危险万分。领导若是仅仅“站在我的专业判断”来做决策，恐怕祸患无穷。

自古以来，有大将的职位，却缺乏大将之才的，必定死于非命。有大将的才能，却得不到大将的职位的，才能不可能得到发挥。领导者应该珍惜既有的职位，好好发挥自己的大智大慧，时时以无知来启发大家的有知，以无能来激发大家的有能，以无才来展现大才，使所有决策，都能集众人之智，面面俱到而无所偏颇。依据这样的决策，定出来的计划，自然可行而有效。

第三节 合纵联盟，明辨利弊

斯蒂芬·M.沃尔特在《联盟的起源》一书中提到：“在任何竞争性的体系中，能够争取到盟友都是一种极其有价值的资源。相反，引起其他方联合起来反对自己者，则处于明显不利的地位。”团队在做好了自身的内部管理之后，要想进一步地做大做强，就应该利用外部的资源和伙伴，采用“合纵连横”的策略来有效地分担和降低参与市场竞争的风险。但联盟虽有利，也要意识到现实隐患的存在。与外部附属团队建立密切的合作关系，要把握“度”，既强调“众生平等”，又合理地融入“亲疏有别”。对外部附属团队不能随便地建立起高度的信任，因为风险很大，而应该通过不断的考验以确定其可以信任和合作的层次，根据实际情况区别对待。

曹操推选袁绍任盟主：以退为进更能占据有利形势

刺杀董卓失败后，曹操冒险逃回家乡，募集义军讨伐董卓。曹操打的是忠义的牌。大家深恐远离这一块招牌，便会被说成反忠义，所以前来响应的各路人马，无不争先恐后，热烈参与。既然组成联合阵线，当然需要盟主，以别于乌合之众。大家聚集在一起，总该有人担任这一个职务，来统一步调，指挥全体的行动，并作出必要的决策。

曹操那时刺杀董卓未成，只剩下这一条路可走，哪里敢自告奋勇担任盟主？就算真的有意，大家也不会赞成。因为在场的人物论年资、论势力、论身份，都轮不到曹操。他提名袁绍，说袁绍是汉朝名将的后裔，应该担任盟主。袁绍当然很高兴，打心里喜欢当这个盟主。但是，按照道理，依据惯例，他必须再三推辞表示礼让，然后大家都认为非他莫属，这才勉强答应。袁绍因此当众宣示“绍虽不才，既承公等推为盟主，有功必赏，有罪必罚”，接着指派袁术总督粮草，同意长沙太守孙坚担任先锋，杀向汜水关。

现代的选举方式，产生了很多弊端和笑话。其实，中国古代的推举方式更为方便而有效。因为它不致由于选举而造成派系，又能在和谐中产生领袖。大家都有面子，岂不是更好？如果加上良好的配套，应该可以成为现代选举的另一种方式，值得大家考虑和运用。

袁绍四世三公，出身世家。家庭有势力，兄弟加起来更有力。曹操是聪明人，知道自己不够分量，不敢妄想，却也明白顺水人情的重要性。反正袁绍一定会当选，为什么不争取做第一个推荐他的人呢？所以曹操不等其他人发言，立即推举袁绍。

袁绍如果不孚众望，大家就会另行推举他人，甚至怀疑曹操虚情假意，认为他希望引起大家的注意，所以才出面把袁绍推举出来。当然，曹操心里有数，在场的人里以袁绍最为适当，但是袁绍并不是理想的领导人。所以在袁绍宣誓就职之后，曹操马上借着喝酒装疯的机会，向袁绍进言“同扶国家，勿以强弱计较”。因为曹操和袁绍是老同事，深知袁绍为人矜骄自负，并无真才实学，不脱富家子弟的习气。袁绍在何进要清除宦官，不被何太后同意的时候，建议何进召董卓入朝那件事情，就做得十分不妥当。

但因为联盟里没有合适的人才，百般无奈，也只好推举袁绍，至少这样，在袁绍心中，曹操可以占有更大的分量。将来曹操提建议，应该更容易被采纳。果然大家热烈响应，可能也都是别无选择。

乌合之众，如果首领再有私心，加上缺乏实力，结果会如何？可想而知。这一次大同盟，由袁绍担任盟主，已经看出没有什么作用。不过是各路人马聚集在一起，使董卓更加猖狂，如此而已！但也正因为这样，才会造成董卓的凄惨结局。所以不论成败，也都对破除董卓做出了很大的贡献。

在几次失败之后，把对手推到最高峰，让他居高而危，掉落下来，这也是一种策略。

领导力箴言

曹操逃出去以后，就开始招兵买马，联络各路诸侯一起清除董卓的势力，推举袁绍当了联军统帅。这是他非常聪明的地方，更证明他是一个野心勃勃的人。如果他自己当统帅，年纪轻轻，实力又单薄，大家凭什么要听命于他？很可能谁也不服他。让袁绍当盟主是曹操以退为进的一种策略，袁绍当了盟主，对推举他的曹操十分信任，曹操自然占据了最有利的位置。曹操表面上推举袁绍，实际上他知道袁绍迟早会失败，到时候得利的人还是自己。只不过，无奈当时自己处于劣势地位，只得委曲求全。

世界就是这么现实，优势的人不先说，劣势的人只好说；优势的人不做，劣势的人不得不做；优势的人希望行动，劣势的人就会行动；优势的人不用指示你要尽力，劣势的人必然尽力。中国人主张：形势比人强。领导不用权，却应该努力创造有利的形势，使自己能够及时占据好位置，使员工自动自发，在不知不觉中尊重领导者的权力。

领导者喜欢用权，员工一心等待授权，结果都很不愉快。其实我们都知道，人很难改变别人，也很不容易改变自己。我们所能做的，不过是知己知彼。知彼不易，知己更难。知了之后还要进一步建立有利的形势。形势随时在改变，所以领导者的形态也应该因时制宜，不可执一不变，这便是孔子所说的：无可无不可。

既然如此，处于劣势的时候不妨像曹操一样，根据形势做一些让步。但在任何时候都不要放过任何机会，要找到对自己最有利的位置，然后作出最有利的行动。也就是说势单力薄的时候你可以做发起人，但不要当头儿。

孙刘联盟：敌人的敌人是联盟首选

历史告诉我们，只要领导得好，中国人非常合作；如果领导得不好，就会四分五裂。中国人的个性就是这样，合起来合得很牢固，分开来也分得很彻底。

曹操的远程目标是平天下。这是我国历史上，有远大志向的人士所共同拥有的愿望。曹操自官渡之战以寡胜众以来，声势日益壮大。荀攸见刘备投奔江夏，唯恐他与东吴联盟，建议曹操邀约孙权共擒刘备，平分荆州。曹操大喜，一面遣使赴东吴；一面点齐马步水军八十三万，诈称一百万，水陆并进，直奔东吴而来。

孙权接受鲁肃的意见，以吊丧为名，向刘备打听军情。鲁肃与诸葛亮见面，力邀其过江向孙权表明联合抗曹的决心。

鲁肃，字子敬，早年丧父，侍母至孝。他的家产丰厚，经常散财济贫。周瑜有一次缺粮，听说鲁肃家存米六千斛，前往求助，鲁肃一口气答应把一半借给他，慷慨之至。他平生喜好击剑骑射，又善于策划。孙权继承父兄大业时，周瑜郑重地把他推荐给孙权。孙权和他商谈军国大事，到了晚上还同榻抵足而卧，问鲁肃，今后要怎么做。鲁肃认为汉室不可能复兴，曹操也不可能完全被消灭，最好是先剿除黄祖，进伐刘表，据守长江险要，以图天下。孙权大喜，一切照他的计划而行。鲁肃接着推荐博学多才的诸葛瑾，也就是诸葛亮的兄长，孙权拜之为上宾。这样孙权就组成了坚强的核心团队，得以与曹操争天下，建立帝业。

鲁肃和诸葛亮，具有北定中原的共同理想，所以一见如故，十分投机。两人也有不同之处，鲁肃料定曹操必然篡位，汉室不保，所以鼓励孙权自己称帝，以统一天下。诸葛亮则心存汉室，因此看重刘备的皇亲血统，希望他以荆、益两州为基地，北伐中原。两人的观念大同小异，却又一个牢不可破的共同点，便是双方联合抗曹。

诸葛亮来到东吴，不免与群儒舌战一番。因为文人相轻，武将更是永不认输，对诸葛亮如此盛名，当然心中不服。诸葛亮面对众人，有问必答，而且声势惊人。他事前对各人已有深入了解，自然能够应付自如。

诸葛亮针对孙权爱面子的个性，不顾鲁肃的劝阻，夸大曹军的阵容。一方面建议孙权归顺曹操，一方面却坚定刘备不降的决心。孙权很不高兴，向鲁肃抱怨“孔明欺吾太甚”。鲁肃说诸葛亮是故意以言词相激，实际上有良好的策略，孙权赶快再请诸葛亮叙话，虚心请教。诸葛亮用同样的态度来刺激周瑜，促使周瑜主战，加强孙权的信心。

诸葛亮联吴制曹的策略获得孙权的支持，当然是刘备当时最有利的方式。周瑜知道诸葛亮的大才，请诸葛瑾劝告兄弟，离开刘备，到东吴共同效力。诸葛亮不肯，周瑜心生恨意，存心要杀诸葛亮。嫉妒心的可怕，在周瑜身上表现得格外强烈。孙权受到周瑜的影响，势必不利于刘备和诸葛亮。

领导力箴言

所谓联盟，说的就是合作，只有大家一起协同合作，组织上才能更有力量。在一个行业内，如果只是依靠一个企业自身的力量将行业链条上游、中游、下游的事情全部做完是不太现实的，这样的做大不仅对资源和管理能力提出了非常高的要求，同时也易造成顾此失彼的状况。所以要大带中、中带小，分中有合，表面上是分，本质上是合。

有人曾经大力主张，中小企业要设法加以合并，组成大企业，以增强竞争力。然而，事实证明，面临21世纪快速变化的环境，企业规模大，应变力反而较小，对于适应环境所做的调整，其弹性远不如中小企业那么灵活，加上合并前后的种种问题很不容易克服，因而，合并不如合作。

西方人一直以来都桎梏于“二分法”，而中国人则对“分”与“合”有着独到的理解和认识。作为中国式团队的领导者，不应该把自己企业里面的人才视为“内人”，把企业以外的都叫“外人”，这始终是“分”的观念。实际上，应该通过内部的外人以及外部的一些内人来实现内外的沟通，形式上虽然是不同的企业，实际上是同一个团队，随时可分，随时可合，这样分中有合，合中有分，既保持灵活性又便于调整。

联盟合作的对象，就算理念十分相近，毕竟各有各的立场，各有各的苦衷，难免有不协调、不配合的现象。从某种角度来说，“求全”便是“合作”，一个个体能力有限，无法求全，必须多个个体同心协力，同理合作才能求全。大家为了利益走到一起，谋求的就是实现自我强大的目的。假如大家可以善用中国人的“以让代争”，柔中带刚，彼此为实现共同目标，各自机动调整，权宜应变，自然会获得整体的配合。

诸葛亮草船借箭：联盟共同利益需用心维护

诸葛亮过江来到东吴寻求合作，周瑜心怀嫉妒，决意杀了诸葛亮，以绝后患。他故意问诸葛亮，水路交兵，以哪一种兵器为优先。诸葛亮心中有数，装得一本正经：“以弓箭为先。”周瑜趁机表示，军中急需十万支箭，请先生监制。诸葛亮还是装得很像，拜问何时要用。周瑜说十天之内，诸葛亮居然满口答应。鲁肃是老实人，急得要命。诸葛亮要他救命，鲁肃居然骂他自取其祸，真是可爱！

诸葛亮对天文地理都有很深的造诣，他知道不日之内必有浓雾。曹操人生地不熟，又不熟悉水性，不敢在浓雾中出战。诸葛亮如果以船只逼近，伪装进攻，曹操必定箭如雨发，不敢停息。于是不用费力，便能够借得十万支箭。但是，这样一来，周瑜必然更加气愤，也更为嫉妒，很可能不择手段，非置诸葛亮于死地不可。诸葛亮并不是故意卖弄才华，使自己陷入险境。只是周瑜这样的人，不能让他看不起，否则无法合作。这才不得不承担风险，采取如此措施来换取共同的利益。应该做的事，绝对不推辞；不应该做的事，再有利也不能做，这才是做人的基本条件。

工作有很多人会做，不一定样样都要自己亲自去做。让别人做，并不代表自己偷懒。诸葛亮借箭，说明一个问题可以有好几种解决方案。自己做十万支箭，费时费力又费神。不如向有箭的人借，一下子就凑齐了。问题是怎么借，向谁借，什么时候借，有没有把握，这些才是我们要学的。

领导力箴言

我们不可否认诸葛亮是个奇才，年轻而精明能干、头脑清晰、效率极高的奇才。这样的奇才并不多见。由于奇才表现出色，使得组织人人自危，从奇才身上所得到的往往无法弥补其他同人所失去的。

在孙刘联盟上诸葛亮和周瑜绝对都是功不可没的，但由于是各为其主，思路必然不在一个轨道上。即便在同一组织内，大家的想法也很不一致。各人有一套主张，而且都言之有理。这种情况，对于喜欢讲道理、怎样讲都有理的中国人，更是一人一义，十人十义，意见相当有分歧，非常不容易整合。尽管他们二人总是各说各的话，但是心里却都很清楚彼此的真实意思。

从合作的角度来说，双方完全可以同心协力、一致对外，这就是组织的力量。现在很多企业存在的问题是有组织，但却没有组织力。其实有没有组织力完全是领导的问题，因为中国人绝对可以团结、绝对可以一致对外、绝对可以和而不同，也绝对可以成全。但往往在合作中双方会出现互出难题的情况。

诸葛亮草船借箭显示了自己的才华，让心生嫉妒的周瑜更加记恨他。但他必须冒这个险，以实现合作，获取共同利益的目标。

面对周瑜十天造十万支箭的刁难，诸葛亮“以小敬大”，万事退让一步，站在对方的立场来思考，将心比心，以设身处地的态度好好商量，达到了长久合作的目的。其实合作就是为了求全，以此来赚得属于自己的利益。彼此为实现共同目标，各自机动调整，权衡应变，才能最终获得整体的配合，在这一点上诸葛亮做的是没有错误的。

瑜亮合作：对抗强敌须放下私心芥蒂

周瑜，字公瑾，由于智勇兼备，二十四岁时便出任建威中郎将。当时程普是江东资格最老的武将，大家尊称其为程公，相对地便称周瑜为周郎。孙策取荆州，以周瑜为中护军，领江夏太守。孙策和周瑜成为乔玄的女婿，在当时传为佳话。周瑜精通音律，每听唱歌奏乐，都能听出错误的地方。他的《长河吟》，被诸葛亮弹得幽雅深刻，令他十分不安，决心要和诸葛亮一决生死。

其实，周瑜的内心，并不是妒忌诸葛亮的才华。鲁肃原来是袁术的部属，因为得不到重用而萌生去意。周瑜打听到鲁肃是一位了不起的人才，赶快把鲁肃的母亲接过来，然后全力说动鲁肃来归附。他不但为孙权增添了一位贤才，而且在临终时，还极力推荐鲁肃。孙权接受他的建议，让鲁肃继任都督。

他大肚能容鲁肃，却千方百计要迫害诸葛亮，这是什么道理？我们从他初次和诸葛亮见面，便请诸葛亮的兄长，同在东吴任职的诸葛瑾前来商议“令弟诸葛亮有王佐之才，如何屈身事刘备”来看，相信诸葛亮若是和鲁肃一样，能够弃刘备而事东吴，他也会像对待鲁肃那样，善待诸葛亮，说不定向孙权推荐，以诸葛亮为都督，也很有可能。

周瑜最大的错误，在于不懂得对方安稳自己才能安稳的道理，以为东吴可以独力抗拒曹操，而不需要外力的帮助。倘若他和诸葛亮一样，知道只有两家联合在一起，才有足够的力量来抗曹，相信他对诸葛亮的态度就会比较理性，不致如此偏激。包容、厚待诸葛亮，对东吴和周瑜本人，都有好处。

诸葛亮为了联吴抗曹，抬高刘备集团的声势，必须和周瑜打交道。因为孙权内事不决问张昭，外事不决问周瑜。东吴的军事，周瑜的作用可以说举足轻重。诸葛亮知道他年轻气盛，采取请将不如激将的策略，果然激得周瑜勃然大怒，被孙权封为大都督，并亲授佩剑，誓与曹操决一死战。

有一些话，按照交浅不言深的道理，诸葛亮原本不应该说的。现在因为共同的利害，加上时间十分紧急，不得不说出来，以致引起周瑜的疑虑。心想诸葛亮这么厉害，为刘备所用，将来必为江东大患，几次都动脑筋要杀诸葛亮。

当然，从长远看，孙权和刘备迟早要一争高下，这一点孙权心里十分明白。他和诸葛亮都知道：曹操不喜欢的人里吕布、刘表、袁绍、袁术，都已经灭亡，只剩下刘备和孙权，曹操不可能放过他们。不过两人联合抗曹，恐怕也是权宜之计，将来两雄相争，看来也避免不了。周瑜大概就是有这样的想法，所以才急于除掉诸葛亮。

实际上凡事都需要有个过程，许多事情真的是欲速则不达，急不来的。周瑜如果作出阶段性的计划，先和诸葛亮合作，以后再做其他的盘算，他们的关系是不是会缓和一些？我相信他也想到了这一点。只是一向十分顺利的人，往往不会顾虑那么多，而是认为事不宜迟，不如当机立断，在刘备还没有站稳之前，杀掉诸葛亮，以免刘备势大，诸葛亮更难以应付，于是想做就做，甚至不和孙权商量，便决定下毒手。他一定没有想到，自己反而被活活气死。

领导力箴言

周瑜和诸葛亮二人立场不同，有一定的差异性。实际上，人与人之间，难免会有彼此不同的“差异性”，我们把它叫作“分别差异”。差异就是不同，君子和而不同，善于管理的人，能够把“不同”的心和力结合在一起，产生“和”的力量。小人同而不和，不善于管理的人，只在表面上要求大家服从，似乎“同”到没有意见上的差异，却始终发挥不出“和”的实力，应该视为“不和”。

烹调的时候，用水来煮水，煮来煮去，还是开水。弹琴的时候，总是重复一个音调，听起来必然单调乏味。同样的“人”群集在一起，如果大家一模一样，丝毫没有差异，我们识别起来，势必十分困难。反之，用水煮蛋，可能煮出可口的蛋花汤；配合各种不同的音调，可能弹奏出动听的乐曲；不同的人聚集在一起，才有可能“和”成一个整体。

《荀子·王制篇》指出："人何以能群？曰：分。"人的力量没有牛那么大，行走起来不像马那样快，而牛马反为人所用，主要是因为人能够合群，有"组织"的概念，而牛马则无。但是人为什么能够合群呢？答案是人有"分"的念头，知道彼此"不同"，而非完全相同。

管理的历程，着重在"同中求异，异中求同"，也就是"有矛盾时加以调和，没有矛盾时制造若干矛盾"，使相同的产生某些差异，而让差异的趋于相同。

周瑜并不知道自己和诸葛亮的关系是合则有利，分即有害。我们认为周瑜遇见诸葛亮，唯一的办法就是和他诚心合作，暗地里像鲁肃那样，多向诸葛亮学习，以增进自己的实力。至少在可见的未来，双方合作的必要性很大，还不至于翻脸无情。

假如大家都能够退让一步，站在对方的立场来思考，凡事将心比心，以设身处地的态度好好商量，就能最终达到长久合作的安定局面。别人安定了，从某种角度来说，也是在安定和强大自己。希望组织同人同心协力，领导必须使大家对整体目标相当关心。而要使大家关心整体目标，又非让大家彼此交心不可。要求大家交心，第一步则是设法使大家开心。这样来说，安人的历程，便是"由开心而交心，借交心而共同关心，然后产生同心"的一连串"心"的变化，所以对中国人来说，管理是"心连心"的过程，而安人则是"心连心"的结果，应无疑义。

华容道巧放曹操：相互制衡才能共同生存

赤壁一战，曹操败逃。诸葛亮安排了几路人马拦截曹操，在最后一关华容道上关羽念及旧情放过了曹操。说曹操命不该绝，完全是站在无形无迹的立场来看的。若是采取有形有迹的观点，那就是这个时候还不能让曹操死掉。因为在这种曹军惨败、孙吴得意扬扬的关键时刻，让曹操死在关羽手中，曹操的部属一定会把矛头对准刘备，说不定会和孙权联合起来，那样，刘备就完了。

因此，站在刘备的立场，绝对不能在这种特殊的情况下杀死曹操。诸葛亮故意不派赵云或张飞去守华容道，因为曹操要是落在这两位大将手中非死不可，那就不妙了。

曹操在关羽得知刘备下落后坚决要离他而去的时候，心里也着实挣扎了一阵子。他反复思索，不让关羽离开，以关羽的神勇，简直做不到；让关羽离开，又实在不情愿。所以他避不见面，故意不给关羽发通行证，使关羽只能过五关斩六将，欠下曹操很大的人情。最后曹操还指派张辽劝退了夏侯惇，送一个大人情给关羽。曹操何尝不知道，按照这种情况发展下去，自己难免有一天要栽在关羽手中，所以趁早让关羽欠下自己一大堆人情，将来必要时，说不定能够救自己一命。曹操和诸葛亮对关羽都十分了解。可以说两人合演了一出华容道大戏，使关羽有情有义地表现一番。

关羽当然要放走曹操，否则大家对他的忠义就不会那么推崇。对刘备忠心是一回事，还曹操人情，也是合乎义理的表现。何况如果关羽一刀砍下曹操的首级，接下来诸葛亮就必须承担刘备败亡的重大责任。“三国”

演义，势必提早结束。刘备的壮志，诸葛亮下山，都将会毫无意义。无论有形迹、无形迹，关羽这一次放走曹操，都合乎道义。

许多人看到这里，都替关羽惋惜，认为他失去了灭曹的大好时机。其实，就因为他放过了曹操，他才很了不起，这绝不是妇人之仁，而是从大局出发——曹操杀不得。站在刘备的立场，绝对不能在这种特殊的情况下杀死曹操。如果那时把曹操杀了，刘备也就没有前途了，孙权会把曹操的人马收编过来，顺便把刘备也灭掉。所以，那个时候，是不能让曹操死的。有时候，适当培养几个敌人，才是生存之道。

领导力箴言

竞争对手从另一个角度说，就是领导的老师，领导应该善于向敌人学习。领导要是承认自己不如人家，就达到了海阔天空的境界，总想着“我一定要把你干掉”，很可能是最后对方没有死，领导就先死了。

所以很多事情要从大局来衡量，不要只看眼前利益。现在很多人只能看到眼前利益，看不见大局，不知相互制衡才能彼此生存的道理，是多么的危险。

孙刘联姻：心机各异难以长久合作

孙权受周瑜的影响，非要把诸葛亮制伏不可。听说刘备没了甘夫人后，两人商议，假意将孙权妹妹许配给刘备，把他骗过江东来，看诸葛亮如何回应。他们的目标是让诸葛亮以荆州换回刘备。诸葛亮见东吴特使吕范到来，便已识破来意。建议刘备将计就计，既要得孙权的妹妹，又要保住荆州。刘备觉得太过冒险，犹疑不决。诸葛亮叫孙乾与吕范同往江东，传达两府合婚的意愿，并且预先定下三条计策，要赵云陪同刘备，一起过江完成婚事。

刘备与赵云、孙乾取快船十只，随行五百人，依计而行。首先拜访乔国老，使国太出面，逼使孙权弄假成真，真把妹妹嫁给刘备，完成了一桩政治婚姻。

孙权妹妹自幼习武，婚后常与刘备舞剑为乐。刘备毕竟是男人，有名有利有势之后，最难过的便是美人关。与孙权妹妹成婚后，竟然把荆州大事忘得一干二净。孙权接受周瑜意见，拨款修整东府，广栽花木，请刘备与妹妹居住。又增侍女数十人，并赠送金玉锦绮好玩的东西。刘备果然被声色所迷，完全不想回荆州。幸好赵云遵照诸葛亮的锦囊妙计，虚报荆州危急，刘备才和夫人返回荆州。

孙权和周瑜听说刘备夫妇要回荆州，气急败坏。屡次加派追兵，无论如何也要把他们追回来。赵云依照第三计，恳请孙夫人亲自抵挡追兵。刘备吃尽苦头才返回荆州。周瑜不死心，亲自赶到江边。诸葛亮前来接应刘备，喝令军士大叫："周郎妙计安天下，赔了夫人又折兵！"把周瑜气得大叫一声，倒在船上，不省人事。

政治人物，常常喜欢借着结成亲家，以增强实力，或交换利益。这一桩婚事，原本是一场骗局。孙权事先连母亲都没有禀报，认为把刘备骗过江东，神不知鬼不觉地结束他的生命就行了，当然不需要让国太知道。诸葛亮算准了这一招，第一计就是上岸后，随行五百军士全部披红挂彩，到处传播刘备入赘东吴的消息，使城中人们纷纷口耳相传。并且拜访乔国老，赠送名贵礼品。乔国老是孙策和周瑜的岳丈，和孙府交情甚深。心想如此大事，自己竟然完全不知，还是从刘备口中得到的消息，实在没有面子。于是专程求见孙权母亲吴国太，一方面贺喜，一方面抱怨不通知他老人家，想不到吴国太竟然也不知道。诸葛亮这一招完全是抓住人性的弱点。乔国老没面子，必然会找国太，自己的女儿要出嫁，做母亲的竟然不知道，吴国太恼羞成怒，立即把孙权喊来，大骂孙权。一连串的演变，俱在诸葛亮的掌握之中。对孙权和周瑜来讲，却是样样生意外的变化，弄得手忙脚乱，完全乱了阵法。结果自然是诸葛亮妙计比周瑜高明。果真周瑜是赔了夫人又折兵，气死也是活该。把领导者的妹妹当作工具，大施美人计，也亏周瑜想得出来。而孙权身为兄长，也配合行使这个计策，难怪吴国太气愤至极，反而促成这一桩原本虚假的婚事。

如果真的结成亲家，对孙刘联盟有助益那也不错，偏偏周瑜不甘受辱，一再设法破坏双方的合作。

按照常理，周瑜不敢以孙权的妹妹为赌注，诸葛亮也不应该要刘备冒这么大的危险。但是，孙权和刘备的战略高度，毕竟不如周瑜和诸葛亮。孙权只知道联盟，周瑜指出困住刘备的大好时机，他也把握不住。刘备不了解彼此的矛盾，身入险地而不自知。幸亏诸葛亮及时挽救，才得以脱离险境。周瑜的建议，孙权欣然接受，却由于事先家人的协调工作没有做好，而功亏一篑。诸葛亮原先谏阻刘备答应这门亲事，刘备不听，诸葛亮不得已才提出三个锦囊之计，要赵云依计行事。当时刘备对诸葛亮的意见已经有一些不尊重。君臣之间，并不是我们所想象的那样投缘。五分钟热度，看来到处都是这样。

权力使人腐化，对孙权和刘备来说，都是难以避免的事实。周瑜和诸葛亮表现得愈好，孙权和刘备的内心，不见得愈愉快。人与人之间的感情和关系充满了矛盾。以周瑜和诸葛亮这样的智慧与才能，好不容易才遇上孙权和刘备这样的好领导，表面上看十分和谐，实际内心不见得没有一点矛盾。

领导力箴言

古人的话，千真万确，有根有据，但是不能全信。中华文化本身充满了矛盾，一方面说礼让为先，一方面说当仁不让，那到底要不要让？答案只有一个，你自己看着办。中国人最厉害的是同时讲两句互相矛盾的话，人心不同，各如其命，人同此心，心同此理。外国人对中国人的东西总是摸不透，现在连中国人自己都不能洞悉。

所以中国人在讲东的时候，想到西；当讲到西的时候，想到东。只有将正反两方面整合起来、兼容并蓄，才可以找到合力点。中国人说“事无不可对人言”，又说“逢人只说三分话”。这非常矛盾，需要在坦白和保留之间找到一个平衡点，对张三保留七分，只讲三分；对李四保留三分，要讲七分。随时随地因人而异，这是高度的艺术。

作为一个领导者，虽然嘴巴里讲要对内外企业一视同仁，大家团结一致共谋利益，心里却要始终想着差别对待。这就要求核心领导在刚开始管理外部企业时要一视同仁，但在一视同仁的同时，考验每一个员工，要差别对待。至于如何差别对待，不是领导主观决定的，而是要经过多方面的考量。表现好的可以给予一定的优惠政策；表现不好的就要督促其改善；有异心的，要对其多加防范。

孙刘两家联姻表面上是为了巩固合作关系，实际上也是各怀心机，充满了矛盾。孙权把亲妹妹嫁给刘备，实际上是他自己的主张，目的在于加强孙刘联盟。周瑜只是趁刘备迎亲时，建议囚禁刘备，使之与关羽、张飞分离，以便分别击破。刘备完全没有想到这一层，自己身陷险地而浑然不觉。幸亏诸葛亮及时挽救他，他才得以脱离险境，回到荆州。两个团队，由于人员层次不同，心机也是各不一样，其中的复杂关系是不言而喻的。由此看来，不管是领导与员工之间还是领导与领导之间，大概除了忠诚和关爱之外，更需要一些技巧，才有办法长期相处而彼此尊重。人与人之间的关系，其实并非科学，而是高度的艺术！

第二章

Chapter 2

领导的智谋胆识关系团队发展

第一节　三思而行，领导需要理性思考

领导者在做事之前一定要三思而行，讲求变通要领，用理性的思考看待问题，有效抑制内心的冲动。正所谓“谋定而后动”“三思而后行”，做事情绝对不能凭自己想当然地去做。自己把“一”想成“二”，然后用自己的理智去将事情考虑周全，再去做的时候，就必然不会那么容易出错了。

曹操错杀蔡瑁、张允：领导犯错不要搪塞

刘表的后妻蔡氏和她的弟弟蔡瑁谋害刘备不成，待刘表死后，又和张允等人拒绝刘备进入襄阳，不久便向曹操投降。蔡瑁和张允被封为水军都督和副都督，蔡夫人及公子刘琮则在曹操假意封官后于途中被杀。

那时候荀攸曾经提醒曹操，蔡瑁和张允是谄佞之徒，怎么能放心让他们掌管水军呢？曹操大笑说：我难道不知道他们是谄佞之徒？只是我们来自北方，不熟悉水性，不习惯水战，所以暂时留下他们的性命，待成事之后，别有理会。可见那个时候，曹操已经有杀这两人的念头。为了权宜之

计，才假装很欣赏他们的样子，以免引起他俩的疑心。

蔡瑁和张允由于久居江东，对水战十分熟悉，布寨操练，都很精妙。周瑜借蒋干来做说客时，给予曹操假情报，诱使曹操杀掉蔡瑁和张允。曹操杀完立即省悟：中计了。但是他心知中计，却不肯认错，若无其事地向众将说：他二人怠慢军法，所以处斩。大家不敢再问。曹操杀蔡瑁、张允，我们看起来，并不为他着急，倒是做错事不认错，可能会引起一些争议。小孩子做错事当然应该认错，这样能加深印象，希望以后不要再犯。基层员工做错事，应该认错。基层主管自己做错了也要承认，必须以身作则。中层主管做错事，要向高层认错，对下属则不提起。高层主管，那就很少承认错误，有时还会恼羞成怒，模糊焦点，用其他的事情来转移目标。曹操错了，有时承认，有时则找理由搪塞。这一点我们不能怪他，因为这样的表现，也合乎人之常情。

领导力箴言

作为一个领导，公平是不可能做到的，但是可以做到公正，即便是自己做错了事情也要以公正的态度勇敢地承认下来。其实中国人普遍知道检讨的重要性，却很不容易做好检讨。常常虚应故事，避重就轻，然后把所有责任，都归于制度不够完善。不论任何检讨，结论始终只有一个："如果制度不能改善，恐怕以后仍将如此这般，很难改正。"不管是作为领导者还是员工，有缺失，不用怕，可以换取一些宝贵经验，下次做得更好。检讨缺失，不在于找出谁的错，而在于培养更佳的计划和执行方案。作为领导者来说，小缺失可以避免大失败，常常检讨，累积经验，才有机会获得大成功。

领导身份地位越高，就越应该知道自己的缺失或弱点，以便及早补救，这是员工一致的希望。然而，身份地位越高，企业赋予他的自由范围也越大，他可以运用不同的方式来表达他的歉意。员工只有一个要求：赶快用心设法补救，千万不要坚持“错就要错到底”。

其实缺失可以改进，但失败后却很难东山再起。领导者只要把缺失检讨出来，作为下次改进的参考，不一定非要承认失败，弄得人心惶惶，鸡犬不宁，反而让对手有机可乘，或者造成自己乱了阵脚，更加得不偿失。

应该寻找出真正的原因，及时总结，该承认自己过失的地方不妨就勇敢地承认。这样不但对自己是一个总结，还能赢得更多人的敬仰，也不至于人心涣散、导致失误过后随之而来的是不检讨过失造成的更大的失误。

曹操误中连环计：领导决策要谨慎

曹操善用计谋，一向警觉性很高，疑心很重。但却对庞统的献计毫不怀疑，马上指示部属照办，弄得大家都不敢有意见。徐庶识破了庞统的计谋，当然不会说出来。如果曹操和往常一样，先欣然接受庞统的意见，却不立即指示照办，待庞统离开，再询问大家的意见，相信有人会提出异议，至少有反复思虑的机会。由于庞统久负盛名，曹操仰慕已久，不敢像对待一般人那样：先采取反面的姿态，喝令左右拿下，指出这等奸计，居然用来蒙骗，以探其虚实，但至少也应该首先不发表意见，让大家向庞统提出质疑，然后再做决定。庞统献策完毕，居然还要离去。虽然离去的理由说得十分动听，要劝降更多的东吴豪杰，但曹操这时候也应该心生怀疑才对，怎么会深信不疑，以致在场无人敢有异议？

看来庞统果然高明，和曹操刚刚见面，就要求参观军事设施。相信一般人不敢这样大胆，因为军事机密，外人怎么可以随便看呢？庞统一下子攻破了曹操的心防，又遥指江南，说什么“周郎，周郎，克期必亡”，把曹操捧得天高，几乎失去理智。而且献计之前，先问军中有没有良医，再转回话题，提出连环计。这种沟通本领，实在高明。曹操心防既破，心中的疑虑又被他一击命中，哪有不信的道理？曹操兴致高昂，谁敢在这个时候表示异议，岂不是太不识相？庞统的高帽子策略、攻心为上战术，曹操抵挡不住，使其连环计轻易得逞。

领导力箴言

西方人在同别人打交道时，不论干什么，都要通过法律途径约束他人来防止上当，而且对于欺骗别人的人是相当鄙视的。中国人不会要求别人怎样，只会提醒自己“防人之心不可无”。我们很少去笑那些骗子，反而多少有些羡慕：“他真高明，居然骗了这么多人！”而对被骗的人，在同情之外，还有几分不屑：“你怎么这么笨，这种当也会上？”好像责任不在骗子，而在被骗的人。

其实，嘲笑被骗的人与鄙视骗子的目的完全相同，都是遏止骗人事件的发生。

西方人鄙视骗子，使其备受压力，抬不起头来。而中国人认为人人应该各自小心，不要上当，使那些骗子无从下手。但是“小心不要上当”，并不是“不要相信别人”，而是不给坏人可乘之机。

你无法要求别人绝对诚实，因为没人能做得到绝对诚实，所以只能自己小心。社会上骗子并不多，但是喜欢被骗的人太多了，才会发生那么多骗人的事件。骗人的人当然不对，而被骗的人也未尝全对，谁叫你不小心？“防人之心不可无”，这句话永远不会过时。

正因为小心，才会时时用心。可以相信的时候，“疑人不用，用人不疑”；不可以相信的时候，“知人知面不知心”“人心善变，不可不防”。这些话都是中国人常说的，看起来互相矛盾，却是因时制宜。

在人际交往中，你可以选择相信别人，也可以选择不相信别人。你相信别人，万一被骗，大家就会嘲笑你，“三两句话，把他骗得团团转”，结论是你“缺乏判断力”。但你不相信别人，又怎能与其相处？因此，在信与不信之间，需要自己拿捏。

曹操是个疑心很重的人，也有拿捏失度的时候。他求贤若渴，仰慕庞统已久。而庞统利用高明的沟通技巧和策略，攻破了曹操的心，使其上当。在正常的情况下，当然应该相信别人，但是只能相信到合理的地步，遇到不合理的地方，就不应该相信他。站在不相信的立场来相信，才不至于上当。对任何人都相信，受骗的概率就会大幅度增加。

刘备错伐吴：领导有感情更要有理性

如果说曹操得天时，孙权占地利，刘备则在人和方面占优。他人缘好，到处受人欢迎。他从基层做起，一路向上晋升，对人情世故非常熟练。他能够赤手空拳建立蜀汉，完全得力于他的仁义宽厚。

正因为如此，关羽、张飞当年在他最绝望的时候，给予了他最大的鼓舞和支持，并且历尽艰辛，始终不变。他们这种知心之交，不是一般君臣、同人、朋友所能比的。所以听到关羽阵亡，刘备立刻把矛头指向东吴。他明知诸葛瑾是孙权特使，也是诸葛亮的兄长，带着两面不讨好的无奈前来致意，却当面怒斥："杀弟的大仇，不共戴天！"可见在刘备的内心，真的什么都不要紧，只有为关羽报仇才是第一。

刘备的最大号召力是以汉室正统自居。一心一意匡复汉室，一统天下！现在曹丕篡位，传闻汉献帝已经亡故。刘备只知道传承皇帝大位，却不以替献帝复仇为前提，反而急于私务，为关羽报仇，岂不是因私废公，把私人恩仇，看得比公务更重要？诸葛亮所说"北讨汉贼，以伸大义于天下"和张飞所说"今日为君，早忘了桃园之誓"，刘备两相比较，竟然弃大义而先小义！

他的情绪管理，一向比张飞良好，现在竟然和张飞一样，被怒气冲昏了头。学士秦宓，对天文地理十分熟悉，向刘备提出时机不合适，恐将失利的看法，惹得刘备大怒要杀他的头。众官求情，刘备才把他关进牢狱。

曹操多方设法笼络刘备，始终没有成功。刘备对曹操，并没有感情，因此表现得十分理智。孙权接受诸葛亮的建议，与刘备联盟，等于助刘备一臂之力，使得刘备结束多年的流浪生活，找到荆州这一块根据地。他对孙权有相当的感情，以致愿意做他的妹婿。甚至一度差点久居江东，不想回荆州，都是重感情的表现。有这样的感情基础，居然被欺骗、偷袭，对刘备来说，对他的伤害，比曹丕篡位对他的伤害要大。刘备的感情用事，造成他一生中最大的失败。自作自受，果然谁也挽救不了。

刚开始可能凭着人多势大，刘备大军把孙桓困在彝陵，大败朱然于江中，使孙权大受威胁。接着老将黄忠中箭受伤，以七十五岁高龄，战死沙场。五虎大将已去三人，刘备痛不欲生。孙权趁机把刺杀张飞的范强、张达以囚车遣回蜀营，向刘备求和说：“吕蒙、潘璋、马忠、糜芳、傅士仁等人，都是刘备痛恨的对象，现在都已经亡故。只有范、张二人，尚在孙营，特别把他们囚禁遣返。”刘备如果适可而止，双方尚有回旋余地。偏偏他誓必先灭吴，次灭魏，弄得孙吴上下同仇敌忾，推出陆逊这位年轻的奇才。刘备听说偷袭荆州出于此人的诡计，更是愤怒，并且和关羽一样轻视陆逊。于是陆逊故伎重施，先求和，后派遣刺客，然后纵火烧蜀营，这和对付关羽的那一套，几乎相同。

刘备识才、育才、用才，都十分高明，但是临阵对敌就不很擅长。得荆州，是诸葛亮的策略；入川成功，由于庞统的规划。现在自己在战场上，必须随机应变。刘备虽然以老兵自居，却不如陆逊这位“黄口孺子”。又自认颇知兵法，以致移营就凉，而惨遭火攻。诸葛亮听到刘备的决定，也觉得“汉朝气数休矣”而无可奈何。这一次重大的失误，使刘备毕生的理想，毁于一旦。

为什么把情绪管理摆得这么重要呢？因为人不是圣贤，都会犯错。现在如果你一犯错就觉得自己见不得人了，那你就不要做人了；但是也不能说错就错到底，那也是不理想、不合理的。

领导力箴言

刘备重感情，原来是一件好事情。因为人无情，人缘不可能好，人气肯定不通达。但是张飞守下邳时，为吕布所袭，以致城池失陷。刘备当时并未加以处罚，已经看出他处事不够合理的一面。关羽投降曹操，彼此离开了一段时间，情况不明，刘备还是毫不怀疑。虽然同样不合理，却由于那时的刘备和今日不可同日而语，现在大家不可能对刘备加以指责。

人类有创造力，但是人类的破坏力往往比创造力更强。以前人们会有“天灾人祸”的观念，但现在几乎没有天灾，基本都是人祸。

空气的污染、环境的破坏，很多都是人为的。所以，当大家说“人定胜天”的时候，一定不要忘记，很多的破坏都是人为的。所以说“人定胜天”的时候，一定要格外小心，因为现代人已经有非常大的破坏力。科学技术给人类带来很大的方便，但是也给人类带来有史以来最严重的威胁，因为它随时可以把整个地球毁灭。

比如说以前打一次仗，最多死几百个人、几千个人；现在都是高科技了，可能一个按钮下去，几百万人就不见了。所以现代人一定要小心，时代不一样了。

在这种人能量特别强大的时代，每个领导都需要稳定自己的情绪，否则的话，自己可能无意之间就闯了大祸。以前情绪不稳定所造成的破坏不大，现在情绪不稳定所造成的破坏力非常大。所以，情绪管理在现代来讲比以前更重要。

《大学》里面讲“格物致知”，什么叫作格物致知？就是要注重科学。很多人说中国的儒家对科学不是很重要，尤其有人说《周易》是妨碍中国科学发展的，这都是不正确的。中国人是非常重视科学的，格物致知就是说：人把事情搞清楚，就会得到充足的知识，然后用这种理性来指导自己的情绪和感情。一个领导只要很理性，他的情绪一定很正常，但是领导不可能时刻都理性，不可能每时每事都理性，有情绪是很正常的，因为人无完人，法无良法。

诸葛亮七擒孟获：领导要让人心悦诚服

孙权因为害怕刘备反攻，派人到南中，散布蜀军失败的消息，并鼓动南中兴兵作乱，以威胁蜀国。

诸葛亮在刘备死后，当然想过自己的处境和出路。这时候退休，归隐山林，不但说不过去，而且实际上行不通。魏、吴一定会派人来礼聘，如不答应便可能会谋害他全家。如果干脆向魏或吴投降，把这个烂摊子甩掉，那当初又何必下山，徒然辛苦这么多年？算来算去，只有硬着头皮，鼓起勇气继续往前走。熬到诸葛亮这种地步，已经是毫无退路了。既然如此，当初的隆中对策是不是应该修正一下，以便做好准备，重新振作起来，走出一条光明的大道呢？

要北伐，必先安定南中，以免有后顾之忧。这一次蛮王孟获大起十万蛮兵，前来侵犯。趁此机会，诸葛亮向刘禅报告当前情况，以及平定南蛮的重要性。然后亲领大军，以关羽的第三个儿子关索为先锋，一路秋毫无犯，向南而行。

诸葛亮深知南蛮离中原十分遥远，当地人多不习惯于王道的教化。要收服这些人，必须可刚可柔。马良的弟弟马谡在这一次南征的时候，向诸葛亮建议攻心、收心的计策，以免今日破之，明日复反，将来为了南蛮的问题来往奔波，对北伐一定大有影响。诸葛亮一向认为马谡是可用的人才，听到他攻心、收心的一劳永逸计策，自然满心喜欢。这一次兴师征伐南蛮，和以往的作战不同，不求速战速决，而求对方心悦诚服。

首先被擒的蛮将是郭焕。诸葛亮以酒食待之，问他是何人的部将，他回答是高定的。诸葛亮说高定是忠义之士，把郭焕放回。不久，高定果然率众来降。诸葛亮以高定为益州太守，郭焕为牙将。并以当地人吕凯为行军教授，兼向导官。于是诸葛亮提兵大进，深入南蛮荒芜之地。

蛮王孟获闻知诸葛亮到来，立即召集三洞元帅商议对策，决定分兵三路，以得胜者为洞主。结果两个元帅都被蜀军捕获，赵云杀掉另外一个。诸葛亮释放了两个元帅，料到孟获必然亲自引兵前来厮杀。孟获果然大怒，挥军进攻，被魏延活捉，押解到大寨。诸葛亮早已杀牛宰马，设宴等待。孟获表示不服，诸葛亮赐了他酒食，给他鞍马，差人把他送出寨外，使孟获安然归去。就这样捉了放，放了再捉，孟获使出各种招数，诸葛亮逐一破解，总共七次擒得孟获，七次都无条件释放了。孟获深受感动，流着眼泪说："七擒七纵，自古未曾有也。吾虽化外之人，颇知礼义，直如此无羞耻乎？"于是率领兄弟妻子宗党等人跪下谢罪，向诸葛亮保证不再反了！诸葛亮问孟获心服不服，孟获说子子孙孙都应该感恩，怎么会不服。诸葛亮请孟获上座，设宴庆贺，令他永为南中之王。

诸葛亮不但归还孟获所有土地，而且不留一兵，不置一吏。彼此相安无事，南中皆感诸葛亮恩德，为他建立生祠，四时享祭，并尊称他为"慈父"。终诸葛亮之世，南中没有再反，这令诸葛亮能够专心北伐。

领导力箴言

今天整个社会有一个毛病，都强调快，说速度就是生命，任何事都要捷足先登，但我不这么认为，单纯求快，只会死得更快。有时候适应推、拖、拉，效果更好。那么，怎么用推、拖、拉这种管理方法来解决问题呢？

领导有项工作要给甲做。如果直接交给甲，别人会想，他算老几？这个工作他做得了吗？有人会想，旁边有比他年资高的，领导为什么不尊重一下？有人会想，有人的年资比他高，领导却当着别人的面把工作给他做，那个年资高的人就完全没有面子了。这些人不敢打击领导，也许会想办法打击做事的人，让他做不成。

领导有个工作要给甲做，但是要顾及乙的面子，所以会先给乙："这个请你做好不好？"

乙一定先推托说："我忙不过来。"

领导说："是啊，我也知道你忙不过来，不过不给你做，就是不行。"

乙说："那怎么办呢？"

领导不等他讲完，就说："那能不能给甲做？"

就这样，领导让乙拿给甲去做，这样乙有面子，他们两个合作得也很愉快，也达到了领导的目的。有人会觉得这样做事情复杂多了。其实不复杂，习惯成自然。有些事情不是一快就了事的——一味求快反而会死得更快。

如果诸葛亮第一次抓到孟获就立即杀了他，那么孟获的接班人还是会造反。用现代话来讲，孟获无疑是当时最牛的酋长，不管诸葛亮怎么抓他，他就是不服气，诸葛亮对他也很忍耐。到了第五次抓到孟获的时候，所有人都忍不住了，都劝诸葛亮把孟获杀掉算了，但诸葛亮还是放了他。诸葛亮对孟获七擒七释，给足了孟获面子，这才收服孟获，让他真心投降蜀国。收服了孟获以后，诸葛亮没有在他那里留一个官员，没有要孟获一块土地。诸葛亮这样打仗是真的赢了，他赢得对方心服口服。

第二节　凝聚核心，打造拳头型团队

管理企业，领导一个人单打独斗，真的不如几人与你同心合力。要想成就大业，团队上下首先就要彼此充分信任。这就需要领导者不断地为自己网罗人气，树立企业团队忠于彼此的文化精神。此外最重要的是领导者自身要不断地提高，只有让自己手下的人心服口服，才能将自己一系列的英明决策顺利地执行。

三英战吕布：在实战中显示团队凝聚力

董卓自从吕布来投，先后说过几次“吾无忧矣”的话。吕布也真的表现得不错，只要有他在场，好像没有人敢挑衅。面对各地盟军，吕布一战把河内名将方悦刺于马下，使得曹操也不得不赞叹吕布英勇无敌，建议由十八路诸侯共商良策。只有擒了吕布，董卓才容易诛灭。似乎吕布不除，难以打垮董卓。

张飞一向看不起吕布这种不忠不义的人，除了自己的亲生父亲之外，居然连认两个异姓父亲。他到底是姓吕、姓丁，还是姓董？让人搞不清楚，干脆叫他“三姓家奴”。他看到吕布骑着赤兔马举起画戟向公孙瓒后心刺去，马上飞马向前，大叫“燕人张飞在此！”和吕布连斗五十余合，不分胜负。关羽舞起八十二斤青龙偃月刀，来夹攻吕布。两个打一个，战到三十合，战不倒吕布。刘备举双股剑，也来助战。三英战吕布，使各路人马都看呆了。吕布虚刺一戟，赶快收兵。

三英战吕布和关羽温酒斩华雄比较起来，更衬托出吕布果然英勇。张飞打不过，关羽加入，刘备也赶过来帮忙，终于迫使吕布收兵。可见单打独斗，实在不如三人同心合力。吕布败退，使我们明白，再英勇也可能寡不敌众。刘、关、张三人合力得胜，也让我们心中有数，桃园三结义必须表现在真实的行动上才有效果。这三人从此形影不离，彼此交心。吕布的出现，造成三英战吕布的场面，对刘、关、张三人，实在有很重要的刺激效应。从这个层面看来，三人还应该感谢吕布才是。

领导力箴言

当吕布出现的时候，刘、关、张三人达成了一个共识，就是要一同对战吕布。在这种共识的驱使下，三人自动自发对抗外敌，取得了良好的效果。

人是观念的动物，这个特征对于中国人而言尤为明显，中国人一旦形成了某种观念，自然而然会在这种观念的指导下表现出相应的行为。因此，管理中国的团队需要从根本上，从调整观念开始。

在管理中国的团队时，面对困境一味地急于求成是没有用的，因为对于团队中的中国人而言，如果只是通过外在的压力来进行宣导和沟通，通常是无济于事的。相反的，一旦使团队成员从内心深处认同你所倡导的行为，那么任何事情都会顺利发展。因为，凡是中国人心甘情愿做的事情，他们都不会计较其中的艰辛和困难，反而会视其为某种挑战，进而充满无穷的动力。

换言之，一个会领导的人，不会仅仅规定下属做什么、怎样做，而是更多地促使其自发地表现自己。从这个层面上来看，中国人在自动自发的时候，可以成为世界上最优秀的人；而当中国人被动的时候，又可能成为天底下最糟糕的人。团队的领导者要激发出团队成员合理的行为、打造出协同一致的团队，其首要的工作在于培养团队成员自主自发的观念。

在对中国的团队进行管理的时候，一定要密切注意中国人快速变化的特性。中国人通常表现为变动性最强，同时持续性也最高，即“变动中有持续，持续中有变动”，可以说这是中国人中庸之道的一种体现。

中国人的这种特性使得团队成员很难掌控，因此，中国式团队的管理应该从根本处着手，否则通过组织形式的外在压力只能治标，其效果是不能持久的。

也就是说，治本才是主要的，治标只能暂时有用。如何治本？建立共识。要带领团队，最要紧的就是建立共识。各有各的心思，各有各的盘算，怎么可能精诚团结？如果董事长的决定，总经理不完全接受；总经理的决定，各部门经理有不同的解读，整个组织就没有丝毫组织力。

中国人建立共识是要靠第三者。第三者不能是领导也不能是干部。是领导的话，则领导太霸道了；是干部的话，那领导会觉得很委屈。当领导太相信一个干部的时候，干部会被宠坏，最后会蒙蔽领导，抢夺领导的地位。领导也不可以不相信干部，否则你将无人可用。

我们用第三者来建立共识，而第三者永远是死人。比如说，企业里领导有意见的时候，他会说："如果胡雪岩（第三者）来处理这件事情，他会这么办。"干部说："不，不，如果是胡雪岩，他会这样做。"每个人都说胡雪岩，而自己没有意见，这是最佳的方式。

建立共识，不是要全员统一思想，一个领导要使上上下下看法都一致是不可能的。领导的时间有限，精力有限，只要能够跟较高级别的干部多打交道，建立共识，就算是成功的。

古城聚义：打造团队重在彼此信任

曹操东征刘备，小沛一战，使刘、关、张三兄弟失散。刘备投奔袁绍，关羽土山约定三事，暂时和曹操回许昌。张飞原来是庄主，现在重操旧业，在古城安身。由于讯息不通，彼此失去联络，都不知去向。

后来，关羽听说刘备在河北，就过五关斩六将，急着要和大哥见面。途中又知道张飞在古城，更是喜出望外。想不到张飞误会关羽投降曹操，非要杀他。刘备得到消息，赶快设法赶来相会。于是，在古城刘、关、张久别重逢，悲喜交加，再一次证明桃园三结义的感情，经得起时间的考验。

虽然历尽艰辛，却能够不违当年的誓言，三人同心。

如果关羽投降曹操，获得曹操的赏识与重用，阵前斩杀颜良、文丑，朝廷封为汉寿亭侯，从此为曹操效命。请问：我们对桃园三结义有什么看法？是不是觉得当年关羽的动机，纯粹是自己犯罪在逃，想借刘、张的力量，为自己找到一条生路，而所有的理想，则完全是假的？

刘备若是对关羽没有信心，不可能那么从容应对，很可能死于袁绍之手。于是关羽更有了理由，一举消灭袁绍，用不着等到官渡大战，甚至因此帮助曹操提前完成统一大业，老百姓也不必那么痛苦，忍受长年的战乱。但是，整个三国时期的历史势必要改写。

张飞具有独立经营的能力，在这一方面，并不需要刘备、关羽的助力，但他仍然再度慷慨捐献，把自己的力量无私地奉献给结义兄弟。桃园三结义，因古城聚义而加强彼此的信任，奠定了此后共同奋斗的坚实基础。

领导力箴言

每个领导都追求成功，真正成功的定义是什么？我提出一个参考答案：成功就是抓住员工的心和员工的钱。有 100 个员工愿意把心交给你，你就可以领导 100 个员工共同奋斗；有 100 个员工愿意把钱交给你去运用，你就有 100 个员工的资金。中国人很难把心交给你，中国人很怕把钱借给你用，这是事实。如果领导做不到这点，只靠自己的心力，那领导很快就会心力交瘁；只靠自己的本钱，那领导的生意规模也是有限的。如果有一群员工，愿意把心交给领导，愿意把钱交给领导去运用，领导就成功了。

那么领导靠什么让别人把心和钱交给自己呢？靠的就是人情。生活中最可贵的便是人情。人而无情，何以为人？可惜有许多领导者，认为上班时间工作第一，人情是工作的重大障碍。

从这个意义上说，刘备在桃园三结义之时，就奠定了成功的基础，因为他获得了关羽、张飞的心和他们的钱。关羽和张飞愿意把自己的心和钱都给刘备，成为刘备的团队中最内层的核心人物、中坚力量。

博望坡显才：新领导要烧好“第一把火”

诸葛亮没出山以前跟刘备是平起平坐的，因为当时他还不一定要吃刘备的饭，干吗要委屈自己？当诸葛亮决定出山追随刘备以后，他立刻跪下来称刘备为主公，从此以后他谨守本分。因为这是他自己的承诺，他努力扮演好一个臣子角色，从没破坏过规矩。

他出山之后问刘备：“如果新野守不住，要退到哪里？”刘备那时候已经无路可走了，诸葛亮正问中刘备心坎。当然诸葛亮没说，主公你现在已经无路可走了，还是听我的吧，我给你留个余地。因为对于中国人来讲，说话要稍微拐弯抹角一点，对方才更容易听得进去。单刀直入，直话直说会让对方很难接受。刘备当时哑口无言：天下之大，他们已经无路可走。这时诸葛亮跟他说，最好到湖南去。诸葛亮不但这么说，而且已经把退路都替他安排好了。

刘表的两个儿子明争暗斗，长子刘琦被欺负，诸葛亮给他出主意，让他去驻守江夏，诸葛亮安排的退路就在那里。把退路安排好之后才问刘备打算怎么办，这样好的军师，刘备怎么能不服？一个人不要要求别人服自己，要做到让别人发自内心地佩服自己。

刘表的小儿子刘琮投降了曹操，献出了荆州，刘备唯一的出路就是投靠刘琦。后来鲁肃来给刘表吊丧，与刘备初步定下了跟东吴联合对抗曹操的计划，而后才有著名的赤壁之战。

诸葛亮的身份用现在话讲叫作“空降兵”，他和当年孙权接棒时一样，同样要面对严厉的考验。只不过孙权面对的是老臣，诸葛亮所面对的则是桃园三结义的关羽和张飞。这两人看见大哥如此礼待诸葛亮，心中不悦：“孔明年幼，有甚才学？兄长待之太过，又未见他真实效验！”刘备一时兴奋，竟然回答：“吾得孔明，犹鱼之得水也。”两人更加不高兴，听说夏侯惇引兵前来，毫不客气地问刘备：“为什么不叫你的‘水’去应战呢？”诸葛亮十分明了这种情况，请刘备把剑印交付给他，刘备也宣布大家都不能违抗军师之令。

诸葛亮事先把相关地形地貌皆仔细侦察，胸中已经有了完整的作战计划，这才发号施令，调度各将分头御敌。众将虽然听令，却心存疑惑。张飞还问诸葛亮，他自己做些什么。诸葛亮大方地回答“我只坐守具城”，惹得张飞冷笑。而刘备的内心，其实也疑惑不定。

博望坡一战，夏侯惇中计深入狭道，诸葛亮安排火攻。曹军死伤无数，夏侯惇冒烟突火而逃。关羽和张飞这才口服心服，相互说道：“孔明真英杰也！”新野百姓，更是庆幸刘备获得贤士相助而欢喜万分。

空降兵并不是依赖领导的全力支持便能够发挥所长。更重要的是，上任后的前三件事，必须处理得令众人满意。我们称为新官上任三把火，如果烧得不好，说不定烧掉自己的眉毛，惹大家笑话。诸葛亮事先准备周全，一切都在掌控之中。在轻松愉快的气氛中，完成了第一次表演，赢得了大家的掌声和信任，果然不同凡响！

火烧博望坡一战，烧得关羽和张飞口服心服。没过多久，曹操又打来了，诸葛亮用同样的计策再烧一次，又把曹仁烧得狼狈不堪，激怒了曹操。后来的赤壁之战中，诸葛亮又用计火烧曹营，大败曹军，令众人心服口服，刘备集团也因此空前团结。

领导力箴言

我们很早就明白事情是大家合力做出来的道理，知道唯有群策群力，才能够把事情做大、做好。要求有效的群策群力，必须有组织，形成集团而且要产生领导者，来领导这个集团。从历史上看，每当我们有强人领导的时候，大家都衷心盼望，不要太强才好。而当我们失去强人时，大家却又热切期待，早日出现新的强人。这种矛盾心理，反映出中国人一方面不欢迎英雄式的强人，一方面则十分欢迎集团性的强有力领导者。什么叫作集团性的强人呢？就是“能够发挥集团力量的领导者”，而不是“自己最了不起”的独裁者。

中国有句话，叫心想事成。如果心想还不能事成，只能怪自己。如果领导有管好团队的愿望，但是却没有得到良好的效果，其原因一定是在领导自己身上。中国人重视心跟心的感应，那完全是电磁波跟电磁波的交流。中国人能不能团结，完全看领导者好不好。团结精神是果，合理领导才是因，不能够因果倒置。中国人有时能够众志成城，有时是一盘散沙，关键在于怎么管理。中国历史上有“树倒猢狲散”的惨剧，也有“田横五百士”的壮举。到底如何做，看领导。

诸葛亮以“得人心，做好人”为最高目标，坚守“深藏不露”的原则，适当地显示自己的才能，但并不贪功、邀功。他显示才能是为了让大家心服口服，凝聚在一起，产生相信，增强信心，坚持决心。中国式领导，说起来就是一串心与心的感应，属于心的互动。

孙权承父兄事业：敬老尊贤提升领导人气

我们认为人生有三大幸运，分别为好父兄、好师长、好上司。孙权十八岁时，乘父兄的余荫，掌理江东大业。孙策临终时，向母亲禀报“弟才胜儿十倍，足当大任”，称赞孙权“举贤任能，使各人尽力以保江东，我不如卿”，但孙策对年轻的弟弟也不无担心，因此特别交代“内事不决可问张昭，外事不决可问周瑜”；又要求诸弟同心协力，并当众宣布“宗族中敢有生异心者，众共诛之。骨肉为逆，不得入祖坟安葬”，以巩固领导中心；还指示孙权继承大业的首要工作，便是尊重老臣，与父兄的老干部搞好关系。周瑜赶回来吊祭，又举荐鲁肃。鲁肃又推荐诸葛瑾，劝孙权勿通袁绍，且顺曹操再行应变。

这三位孙吴父子，以孙权能力较差。但他却因为形貌奇伟，骨骼非常，又享高寿，终能守住江东大业，殊为不易。当时曹操闻知孙策已死，即要起兵下江南。幸亏张纮力劝，说乘人家办丧事而征伐，并非义举。曹操于是奏封孙权为将军，结为外应。孙权留张纮与张昭同理政事，以顾雍为丞相，因而威震江东，深得民心。他所遭遇的困难，内部老臣倚老卖老，亲戚熟不拘礼，外部曹操和袁绍虎视眈眈。由于他接受孙策的遗教和诸臣的高明意见，与诸臣很快搞好了关系。孙权的敬老尊贤美德，帮助他成就大业。他对老臣的忍耐力，对新人的沟通力，都十分高明。

领导力箴言

尊老敬贤可以帮助领导者提升自己的人气，打造一个强大有力的团队。孙权深谙此理，得以守住父兄基业。我们在生活和工作中经常会遇到一些难题，这时候能有一两位值得信赖的长辈指点一二的话，将受益无穷。

有些事情，我去问别人，却无法判断他们的答案是真的还是假的，有时根本得不到答案：要么是对方不好意思说，要么是不方便说，要么是为了保密而不说……

每个中国人都说要坦白一点，做人要正直，实际上到了紧要关头，谁也做不到。刘备就是因为坦白地说了一句“自古废长立幼，取乱之道。若忧蔡氏权重，可徐徐削之，不可溺爱而立少子也”，险些酿下杀身之祸。有些人闲聊时会讲一大堆道理，当我们碰到紧急问题的时候，他们就跟你打马虎眼，因为祸从口出，他们不得不谨慎。只有真正关心你的人，才会在关键时刻给你指点迷津。中国人常常教育子女说，要去跟长辈多联系，其目的也在于此。平常多和长辈建立关系，多往来，让他们了解我们，及时给我们提供意见，我们将受益无穷。

对待年老的干部，领导要尊之敬之；对待有才华的干部，则要敬之爱之，给足面子。领导多给干部面子，干部也会反过来更加尊重领导，这才是皆大欢喜的途径。领导先给干部面子，干部也给领导面子，才不会有拍马屁之嫌。如果领导不懂得给干部面子，而是喜欢要威风、摆架子，不但会气坏了自己的身体，更可怕的是会因此招来一批小人。

诸葛亮欲杀魏延：维持团队忠诚最重要

魏延一路走下来，虽然有起伏，终究不顺。中国有句话，“百善孝为先，论心不论行”，说的就是心的重要性。中国人对每件事情都会深入了解，不喜欢表面文章，而是注重内在形式，所谓透过现象看本质，这才是要树立团队忠诚文化的用意所在。

关羽攻打长沙时，只领本部五百名校刀手，便夸下海口，要斩黄忠、杀韩玄。黄忠字汉升，南阳人，已年近六旬，却有万夫不当之勇。诸葛亮再三叮咛关羽，千万不可大意。韩玄是太守，性急多疑，不得人心。

黄忠出战，果然名不虚传，与关羽斗至一百回合，全无破绽。关羽虽然骄傲，十分好强，但对真正勇敢善战的义士，却也十分敬重。他和黄忠交手后，已改变主意，要降服黄忠。

次日再战，黄忠战马失蹄，被掀在地上。关羽并不杀他，要他换马再来一决生死。韩玄知道黄忠射箭百发百中，问他当时为什么不射箭。黄忠心想关羽如此义气，不忍杀害，自己又怎么能够射他？韩玄怀疑黄忠作战不力，必有私心。因此喝令左右捉下黄忠，推出城门外斩首。魏延平日就怨恨韩玄残暴不仁，轻贤慢士，当下挺身而出，救下黄忠，叫百姓同杀韩玄，向关羽投降。

关羽请黄忠相见，黄忠托病不出。刘备与诸葛亮随后到来，待黄忠甚厚，亲自到府上拜访，黄忠终于投降。关羽引魏延来见，诸葛亮却喝令刀斧手推出斩了。原来，他想起由樊城到襄阳的时候，魏延开门欢迎的那一番举动。刘备惊问何故，说魏延是有功无罪的人，为什么要杀他。诸葛亮说："食其粮而杀其主，是不忠也。居其土而献其地，是不义也。吾观魏延脑后有反骨，久后必反，所以先斩之，以绝祸根。"刘备说："若斩此人，恐降者人人自危。"诸葛亮指魏延说："吾今饶汝性命，汝可尽忠报主，勿生异心。"魏延诺诺连声而退。黄忠和魏延同时归顺，命运却完全不同，这是什么道理？值得好好研究。

领导力箴言

忠诚和能干的组合有四种，分别为：既忠诚又能干、只忠诚不能干、不忠诚却能干，以及不忠诚不能干。中国社会，常见无才的人居高位，担重责。仔细分辨，其中有有德的领导，也有无德的领导。有德的领导，取其忠诚可靠，虽然没有能力，找一些能干的部属，照样可以补足。在诸葛亮看来魏延就是有才无德，不忠诚的领导。所以他要杀魏延，是为了给整个团队树立一个忠诚的文化标杆，凝聚人心。

其实站在一个团队领导的位置上看，团队的重点就是心跟心的结合。我常常问一些企业的领导：“你作为领导，最重视下属的哪方面素质？重视他们的能力吗？重视他们的品德吗？还是重视他们的家庭背景、健康状况？”答案是这些都不是优先考虑的。那领导最关心的是什么？答案是“我的员工心中有没有我”。

所以心是最重要的，我们在看爱情片的时候，常常看到这样的情节：每当男女主角吵架，女主角一般都会说：“我到现在才知道，原来你的心中根本没有我。”可见，无论是在生活中还是在工作中，人们都重视心的存在。

对中国人而言，心是最可靠的。中国式管理讲的就是关心。什么叫关心？就是把别人的心关起来。身在曹营心在汉是没有用的。人在哪里不重要，心在哪里才是重要的。中国人对每件事情都会深入了解，不喜欢表面文章，而是注重内在形式，所谓透过现象看本质，这才是要树立团队忠诚文化的用意所在。

第三章

Chapter 3

领导知人善任的方圆之道

第一节　知人善任，用人先要用诚心

善任的意思，是相信他，委任给他最适当的职务，给他尽情施展才华的平台。其实，识人和善任是密不可分的，既要看到人才的长处，提供充分的自我发挥的机会，又要对其身上的缺陷牢记在心，防患于未然，使其没有机会表现自己的劣势，这才是作为一个领导扬善避恶的最佳措施。当然，要想让人才忠诚于自己，领导首先就要亮明自己求贤若渴的诚心，毕竟人才终归还是渴望遇到赏识自己的伯乐的。

孙策收降太史慈：领导要用人不疑

太史慈字子义，东莱黄县人。当孔融紧急向刘备要求合力帮助陶谦抗拒曹操时，太史兹曾自告奋勇对刘备说：我不是孔融的亲戚，也不是同乡，只是为了分灾共患的义务。孔融感谢太史慈，使他的高义更为著名。

扬州刺史刘繇和太史慈同乡。孙策向袁术借到兵马，带领朱治、吕范、程普、黄盖、韩当，巧遇结拜兄弟周瑜，礼聘张昭与张纮，前来攻打刘繇。太史慈再度自告奋勇，愿为前部先锋。但是刘繇看他年轻，不敢重用，引起太史慈的不满。适逢孙策来到神亭，太史慈不顾一切，与孙策相斗，孙策刺着太史慈的马，取走太史慈项上的手戟，太史慈也取得孙策的头盔。接着两家骑兵前来应援，才各自回营。孙策欣赏太史慈的英勇，和周瑜商量活捉的计策。太史慈被捕，孙策立即亲自为他解缚，握着太史慈的手说：“如果神亭相斗，你擒得我，会怎样处置？”太史慈回答：“那可不一定！”孙策邀他共同举事，太史兹说先要把士卒聚合起来。两人约定次日中午相见。诸将不敢相信太史慈，孙策坚持说太史慈是青州名士，以信义为先，绝对不会欺骗他。太史慈果然如期回来，孙策大喜。大家对孙策的知人非常敬佩。江东老百姓，都称他为“孙郎”，他遂以仁义之师，征服江南。

领导力箴言

作为一名领导者，要为员工创造一种肯做、敢做、愿做的氛围。这样才能让每个员工打消顾虑，主动去开发自己的潜力，积极地表现自己的才能，而不是静态地服从，或者畏首畏尾。孙策释放被捕的太史慈，相信他是青州名士，必定讲求信义，果然没有看错人。太史慈被孙策收降，江东父老也因此对孙策的识人善任钦佩不已。孙策善于识人用人，对于有才华的人，先显示出自己的信任和诚心，用人则不疑，疑人则不用。

领导不能随便相信一个人，也不能随便换一个人，这都是高度冒险的。一个人必须经过不断地考验，直到完全通过考验才可以“用人不疑，疑人不用”。胡雪岩的师父常常把钱丢在地上，看他见了以后是自己留下还是交给师父。如果一个人捡到钱不交上来，这个人是贪财的。胡雪岩捡到十次都交给他师父了。等到他师父临终的时候才跟他说：“你常常捡到的钱，其实是我故意丢的，结果你每次都交给我，我知道你很诚实。”

想确定干部是否可信，最好的办法是试探他，而不是观察他。

当领导真的怀疑自己的干部时，也不要直接表明自己在怀疑他，而要不动声色地试探，以免怀疑错了，大家撕破脸不好收拾残局。

管理外部团队和管理内部团队的道理相同，也要做到“疑人不用，用人不疑”。外部团队都是各自孤立的组织，有着自己的利益出发点，基本上是合则留，不合则去。在考核外部团队时，应更加小心，以免引起不必要的麻烦。通过试探，判断出哪些是可以信任的，这是当务之急，心存疑惑的话，就不可能建立高度统一的外部团队。

知人之明，是领导者十分重要的素养。孙策不可能用这种方式来对待所有的人。但是，像太史慈这样的高义之士，值得孙策用心和承担高度的风险性，因为太史慈今后对孙策的助力，实在是太重要了。

刘备三顾茅庐：领导要礼待人才

刘备去拜访诸葛亮，两个弟弟都不太高兴，他们觉得好像刘备心里只有诸葛亮重要，他们不重要。刘备事先考虑到他们会有这种反应，但还是三次去拜访并请出诸葛亮，这已经被世世代代传为美谈。因为每个时期都有很多诸葛亮，可惜能够做到三顾茅庐的人实在不多。

请看今日的征才广告，口气都不是很好，好像提供工作机会已经很了不起，求职的人非低声下气不可。诸葛亮如果遇到这种主公，恐怕不可能加以理会。当时诸葛亮既是贤才，又有志向。有人建议他投曹操，必定获得重用。他认为曹操虽然求才若渴，但由于志不同道不合，不能考虑。有人建议，江东孙权是好主公，诸葛亮说，他能贤亮却不能尽亮。既然无法发挥，何必浪费时间？他坚持慎选明主，否则宁可自己做做研究。即使听说刘备以仁德为怀，也是先让徐庶去试一试，果然如此，他自己还要亲自试试看。

他算到刘备将于近日来访，故意外出。由童子口中，说出归期不定，行踪也不明，考验刘备的耐性。再请崔州平泼冷水，说自古以来，治乱无常，就算把诸葛亮请出山，也是徒费心力，试探刘备的信心是否坚定。然后放出讯息，使刘备知道自己回到卧龙岗。那时候天寒地冻，三兄弟一定有不同的意见，让他们内部先沟通沟通，看他们对礼聘诸葛亮这件事，能不能达成共识，以免将来诸葛亮成为“空降兵”，关羽、张飞心里不高兴。这样可以促成刘备在内部调和上做好准备工作。同时，也故意让三人再度扑空，看看三人如何反应，刘备怎样安抚关、张二人，会不会自己也发牢骚。并安排石广元、孟公威从旁观察，最后请岳丈黄承彦面试。大家都表示同意，第三次才在家等候三人的来访。

对刘备来说，能够三次顺利成行，实在不容易，因为关羽和张飞对此都有不同看法。能够三次兄弟同行，证明刘备领导有方，展现了大哥风范。

两位弟弟虽然有意见，却也能够顾全大局，配合兄长的意愿。这显然是具有高度团队精神的集体，值得诸葛亮投入，把自己的心力贡献出来。

但是，为了将来好做事起见，还是不能亲自到门口迎接，以免一下子主从定位，失去先生的地位，今后很难做事。

所以，他故意高卧不起，看刘备有什么反应，会不会叫童子吵醒他，还是故意大声说话来吵醒他，还有关、张二人是不是忍得住，将来会不会接受他的意见。一切都通过考验，这才翻身醒来，问童子有没有俗客来访。如果开口就问有没有贵客光临，岂不是露出马脚，让刘备识破他的心思？于是整容更衣，使刘备获得很好的第一印象。并且十分谦虚，说自己年幼才疏，比不上水镜、元直。刘备更加坚定信心，好不容易见面，今天非得打动诸葛亮的心，把他请出山不可。若是诸葛亮一开口就自我膨胀，说水镜、元直不错，只是不如自己高明；又说刘备命苦，到现在还找不到立足之地，现在总算找对了人，以后可以安心。说不定刘备会恼羞成怒，反而把诸葛亮挖苦一番，拂袖而去。因为这么大的口气，这么高的姿态，以后大概很难领导，不如算了。反正大家都说时机不对，徒劳无功，不如另做打算！

诸葛亮一句“愿闻将军之志”，把刘备的心安定下来。愿意聆听主公的理想，大多是好幕僚。这么高明的军师，当然不能错过。于是三顾茅庐，慎始善终，圆满地收场。

领导力箴言

所谓班底，指的是组织内人际关系良好、工作绩效优良，而且和领导十分配合并且获得信任的员工，是一种从工作中逐渐建立的领导集团，也就是领导伙伴。

领导一步一步让开，员工一步一步自动，这时候需要某些人率先领头做榜样，班底便是合适的人选。有事协调，先通过班底做非正式的沟通，明朗之后，再由领导正式出面，是一种自留余地的方式。人事调动或升迁，先有班底放出风去，测试反应如何，领导就不至于承担太大的风险。员工有事不便当面和领导商谈，班底也是很好的前期洽谈人。诸如此类，经由班底与之沟通，相当有效。

对班底要加以礼待，不能过分溺爱，以免只手遮天，反而引起沟通上的不畅通。领导心里清楚，只是通过班底去运作，不可反客为主，否则会引起大家的不安。领导和班底的互动，是同人注视的交点，相处融洽，大家比较团结，不然的话团队必然涣散，这一点刘备做得很好。

凡事先经过彼此的交流非常重要。现在是个“快餐时代”，什么事情都要快，这非常不好。及时的沟通和交流还是必要的，准备工作做得好，进行起来也会更加顺利。

做到让人家来请的，是真正的人才。什么时候能够把求人变成不求人，层次就完全不一样了。刘备当时最起码也是豫州牧，在社会上有一定地位，有一些名望，仍然愿意三顾茅庐去请一个年轻人，这是非常不容易的。

曹操厚利诱关羽：领导要诚心待人

曹操的心思，不说我们也知道，就是以厚利引诱关羽。一般人见利忘义，我们早已见怪不怪。利的范围很广，包括食、色、礼品、华屋、官位和礼遇等。一不小心，会立即陷入难以自拔的境地。

使关羽和两位嫂嫂共处一室，是曹操的第一毒招。人言可畏，关羽一张嘴巴，难敌众人的胡言乱语。他索性秉烛立于户外，通宵达旦，让大家编造不了任何谣言。

接着曹操三日一小宴，五日一大宴，想让关羽肥了肚皮而错了脑袋。关羽吃是吃了，谢也谢了，嘴巴却丝毫不软，念头也完全没有改变。食物攻势，也不能奏效。

曹操送美女，关羽尽送入内门，令她们服侍两位嫂嫂。自己每天三次，在内门外躬身施礼，问两位嫂嫂安好。必待两位嫂嫂问事完毕，才退回，曹操叹服不已。送绫锦及金银器皿，关羽都送给两位嫂嫂。有一天，曹操看见关羽所穿绿锦战袍已旧，马上送来新的锦袍。关羽接了下来，穿在旧袍里面。曹操问他何必如此节俭，关羽回答，不敢有了丞相的新袍，就忘了兄长的旧袍。曹操忍不住感叹："真义士也！"心中实际上非常不悦。

曹操最狠的一招是把赤兔马送给关羽。这果然打动了关羽的心，关羽再三拜谢，为的是一旦获知刘备下落，可以一日而见！这使得曹操至为后悔。

义高于利，曹操再三以各种厚利来诱惑，关羽始终不为所动，并发出誓言，要立下功劳，回报曹操，然后才会离开。荀彧向曹操献计，不让他有立功的机会，看他如何开脱。曹操为了留下关羽，确实费尽了心机。

领导力箴言

关羽最终没能投靠曹操，是因为曹操没能抓住他的心。一个称职的领导，必须真正打动员工。领导必须通过别人的工作来达成组织的目标，是一种“个人或少数人对多数人或大多数人产生重大影响的感应”。因为被领导的对象是人而不是物，只能智取不能力夺，所以心与心的互动，产生的感应，才是我们研究的重点。员工的心直接影响到领导的效果。能遇还要能合，才能够紧密地团结在一起。

有机会在一起，却不能彼此交心、紧密地合作，便是遇而不能合，不如不遇。领导者与员工的遇合，固然有一拍即合，证明彼此频率相近，确属志同道合的；也有亲身体验之后，才发觉有缘无分，好比一盘散沙，很快就分道扬镳，各走各的路，不能交心的。

一般来说，领导者择人而用与员工择主而事的过程，都属于心与心的互动。关键在于以下几点。

知心。了解对方是不是自己所要用的人，或者自己所要追随的明主。换句话说，彼此能够聚合在一起，成为共同努力的伙伴，不但要知人，而且要进一步知心。

交心。领导者确信“得人者昌，失人者亡”的道理，重视人才。员工明白可事之主难遇，珍惜良机。两者互相尊重，遇而能合，才能够慎重地交心。

连心。遇合如果出于一时的冲动，势必很快就会分离，两颗心灵不能够连接在一起。若是出自真诚，很快就能培养出高度的默契，而且越密切，就越能连心。

绑心。心与心连起来，经得起各种严格苛刻的考验，持久不变，称为绑心，刘备与关羽、张飞桃园结义之后，心就紧密地绑在一起，同甘共苦，可见绑心的可贵。

由知心到绑心，是一种心与心互通的过程。领导者必须以赤心待人，不祈求获得任何回报，才更容易让员工产生感应，因而用心做事。基于利害关系的有心之感，反而不美满。

孙权拒庞统：领导不应以貌取人

龙、凤两位重量级人士，诸葛亮已经归于刘备，庞统还不知为谁服务。鲁肃趁着孙权哭祭周瑜，心中悲痛的机会，大力推荐庞统。孙权也久闻他的大名，赶快请来相见。可惜庞统长得不好看，面相相当古怪，又表示他的才学和周瑜大不相同。孙权很不喜欢，坚决不用。鲁肃无可奈何，修书把庞统推荐给刘备，拜托庞统辅佐刘备，让孙、刘互相合作。

策略不会变，但是计划往往不得不改变。推荐是一回事，能不能顺利为对方所接纳，是不是会被加以重用，那又是另外一回事。同样才高名显，诸葛亮生得面如冠玉，像个活神仙，给人很好的第一印象。庞统则不然，面貌不好看，说话又不在乎别人的感受，给别人的第一印象很不好，孙权当然不喜欢他。刘备比孙权好一些，派他担任县令，也是大材小用。我们不可以凭印象来论断人，却不可能避免人家凭第一印象来论断我们。刘备久闻龙、凤齐名，是不是有了诸葛亮以后，心满意足，心理上已经没有求贤的需求？大概不是这样，而是庞统自恃才高名盛，不把鲁肃给他的推荐信拿出来，却说是自己前来投靠。有人才不用，用而不当，固然是孙权和刘备的损失。但是庞统自己，只知道自己的才华，不了解自己的短处，以致得不到好机会，也应该负起相当大的责任。

领导力箴言

在《三国演义》中，最出色、最具传奇色彩的恐怕要属诸葛亮了，但不要忘了，当时还有一个与诸葛亮齐名的人，就是庞统。“卧龙、凤雏，得一人可得天下”，可以说二人的实力差不多，可是二人的际遇却大不相同。刘备三顾茅庐，才请诸葛亮出山，并奉诸葛亮为军师，以师礼待之。而庞统虽然巧献连环计，帮了刘备一个大忙，却需要拿着鲁肃的荐书去谋个一官半职，最后刘备也只派他当个县令。要不是张飞误打误撞，使庞统展现出过人的才华，估计他一辈子就是“县太爷”的命了。诸葛亮成为蜀国的丞相，帮助刘备三分天下，而庞统可以说寸功未立，就惨死于落凤坡。

为什么实力相当的两个人，际遇如此不同？是庞统浪得虚名？不是。我们再看书中对诸葛亮的相貌描写：“诸葛亮身长八尺，面如冠玉，头戴纶巾，身披鹤氅，飘飘然有神仙之概。”再看庞统：“权见其人，浓眉掀鼻，黑面短髯，形容古怪，心中不喜。”“玄德见统貌陋，心中亦不悦。”

这恐怕就是关键所在。就是因为庞统长得难看，又形成恃才傲物的性格，所以孙权不喜欢他，刘备也不喜欢他。如果他初见刘备之时就算拿出鲁肃的荐书，恐怕刘备也只是碍于情面，封他一官半职，并不是欣赏他的才华。

当你看到一个人的时候，首先会对他有个初步印象，这就是第一印象。我们都知道，不要以第一印象来论断别人，因为人不可貌相。一眼就要看穿别人，实在非常不可靠。因为外表看起来很忠厚的人，内心可能非常阴险；外表看起来很聪明的人，实际上很可能是个草包。但是，别人常常以第一印象来论断我们，往往在第一次见面时，就表现出欣赏或不屑的样子。

我们不能以貌取人，一表人才虽然也提醒我们仔细端详别人的长相，因为相貌在一定程度上反映了人的内心世界，即“相由心生”，但是如果完全凭一个人的相貌来判断他的心，就容易犯致命的错误。

张飞义释严颜：领导要放下架子

张飞欣赏关羽的武艺，虽然不服输，却也很想向关羽学习。关羽义释老将黄忠的时候，受到刘备和诸葛亮的赞赏。张飞心里也想，有一天遇上哪一位老将，也要仿效一番。张飞离开荆州，来到巴郡。听说巴郡太守严颜是蜀中名将。严颜年纪虽高，但精力仍然旺盛，善开硬弓、使大刀，有万夫不当之勇，据守城中，并没有投降的意思。听起来和当年的黄忠似乎一模一样，只是严颜自己担任太守，而黄忠不是。

张飞粗中有细，早已用心盘算要义释严颜，不落在关羽之后。他首先采用恐吓的语气，说严颜若不归顺，即将踏平城郭，老幼不留。严颜也早知道张飞在当阳长坂坡的厉害，坚守不出，想长时间耗下去，以激怒张飞，使其重犯鞭打士兵的坏习惯，那时候军心有变，再杀张飞不迟。张飞由于心理上早有准备，所以一方面伪装大怒，叫军士到城下大骂；一方面派人入山探听，得知有一条小路，可以绕过巴郡，于是故意大声命令军士，趁着月明之夜，悄悄越过巴郡。严颜获得情报，认为张飞忍耐不得，便率军截住后路，谁知被张飞逮个正着，生擒过来，用绳索绑住。严颜全无惧色，大呼“但有断头将军，无降将军”。张飞更加敬重他，亲解其缚，扶在正中高坐，低头便拜：“素知老将军乃豪杰之士。”严颜感动而降。附近的人马都是严颜所管，严颜都唤出来投降。因此张飞的招降十分顺利。

领导力箴言

领导常常感叹无人可用，事实上可能是领导者自己没有摆放好自己的位置和心态。做一个高高在上的领导者，很可能永远不知道无人可用的真相。因此，最重要的是要扭转这种心态，放下领导者的姿态，把“让我来领导”转换成“让我来服务”，放下领导的架子，给足员工面子。

“让我来服务”远比“让我来领导”动听得多，因为一般人喜欢服务，并不盼望被领导。

领导者最好认清：服务只是尽自己的责任，并非对员工施恩。

就算有一些人情，也不应该讨人情，因为人情不讨，人情永远存在；人情一讨，虽连本带利都讨回来了，但等于白做人情。说不定两相对抵，领导者反而欠员工一份人情，岂不冤枉？同时，“服务”的时候，最好明白“功没过存”的道理，领导只记得过失，不容易认定功劳，所以不求有功，不应该老想着自己的“服务”对员工有好处，反而应该但求无过，小心不要使自己的“服务”给员工带来麻烦，甚至增加员工的苦楚，那才是最要紧的。

领导给员工面子，表示对员工的尊重，员工才有可能自动自发地忠心工作。见到好榜样，在必要的时候也不妨像张飞一样，虚心学习。心理上预先做好准备，才能够稳定情绪。有板有眼地把事情做好，以竟全功。张飞义释严颜，便是最好的个案，值得仿效。

第二节　树立标杆，遵循合理的原则

作为一个领导，一定要掌握奖罚兼用的高超技术，该严惩的绝不姑息，该奖励的也绝对不能小气，这其间的尺度是一定要拿捏准确的。在分明的制度面前没有尊卑贵贱，即便是领导自己也不能例外，只要制度严明，领导本身做得公正，整个企业才能有条不紊地得以完善壮大，整个企业的发展思路才会更加清晰。

文武高才助刘备：领导要知人善任

刘备的“备”字，可以解释为万事皆备，或者求全责备。一方面上天看重他的抱负，给他很多东西，好像他所需要的，都替他准备齐全。另一方面，他自己必须非常注重品德修养，用最高的标准来要求他自己。只有两方面配合得好，刘备才算幸运，否则的话就是不幸。

关羽武艺高强，万人莫敌。诸葛亮神机妙算，善于谋划。一武一文，都是当世顶尖人才，领导其中一位已经十分困难。同时共事，当然更为不易。刘备的识人功夫，堪称了得。关羽相貌堂堂，威风凛凛，董卓见了他，直问他是什么身份；袁绍看见他，同样问他现居何职；曹操还算不错，说他既出大言，必有勇略。唯独刘备一看到他，便和他结成异姓兄弟。

诸葛亮高卧隆中，声名远播。刘表是他叔父的朋友，并没有看上他。刘备只闻其名，未见其面，就能够三顾茅庐，实在不是一般人做得到的。刘备的年纪比诸葛亮大二十岁。隆中对谈后，却立刻拜这位后生为军师，当然是慧眼识英雄，无人能比。

我们常说有缘千里来相会。刘备、关羽和诸葛亮，各自有很多朋友。但将三人圆满地聚集在一起，冥冥中似乎有一股力量在穿针引线。

领导力箴言

知人的目的在于善任。领导了解员工，是知人；领导如何让员工充分发展长处，是善任。刘备之所以获得文武高才的相助是因为他懂得知人善任。

善任的意思是相信他，委任他适当的职务，让他去尽力。领导信任员工，不可以从零开始，也就是不可以“先不信任他，等他有良好的表现，才来信任他”。领导应该从小信开始，由小信到大信，经由考验来逐渐增加对员工的信任度。由零开始，等于宣判员工的死刑，表示完全不信任他。既然如此，何必用他呢？无论如何，由小信开始，让员工有被信任的感觉，十分重要。

开始时，对员工应该一视同仁，给予同等的信任，这种信任有些增加得慢，有些增加得快，基于实际表现不同，逐渐拉出距离，这是自然的工作表现与人际关系，而不是以主观感情为主。

有些领导者喜欢把员工的缺点看在眼里，而把员工的优点藏在肚子里。这样的领导势必难逃无人可用的噩运。因为人非圣贤，谁都有缺点。随时随地发现员工的缺点，这个不行，那个也不行，常常觉得自己很不幸，没有用得上的可靠员工，这和领导者的性格有相当密切的关系。

领导者最好把员工的长处放在眼里，把员工的缺点放在肚子里。只要预防得当，不让他有机会表现缺点；只要辅导有方，让他有机会施展长才，领导者的领导便可达到圆通的境界。

知人而不善任，等于不知。善任的时候，要经由实际的考验。重视员工的长处，提供合适的机会让他充分发挥，以达人尽其才的地步，这一点刘备真的为领导者做了很好的表率。

诸葛亮荆州布防：领导要会合理用人

庞统连人带马被乱箭射死。刘备伤心至极，遥为招魂设祭，吩咐关平速往荆州请诸葛亮，自己则坚守涪关，并不出战。诸葛亮得知讯息，放声大哭，众官无不垂泪。诸葛亮知道刘备进退两难，不得不离开荆州，前往西川。关羽问他荆州重地，由谁看守。诸葛亮说刘备的书信中并未明言，但是关平送的信，用意即是请关羽守荆州。关羽也不推辞，慨然答应。诸葛亮交割印信时，对关羽说："重大责任都在将军身上。"关羽回答："大丈夫既领重任，至死方休。"诸葛亮听见"死"字，心中不悦。问关羽："倘曹操引兵来到，当如之何？"关羽答："以力拒之。"再问："倘曹操、孙权一齐起兵前来，如之奈何？"答："分兵拒之。"这四个字是诸葛亮最害怕听到的，因为如此一来，荆州必然十分危险。他赶紧告诉关羽，有八个字可保荆州，请他无论如何要记住"北拒曹操，东和孙权"，绝对不能违反这个大原则。

当时诸葛亮心中，已经有不祥的预感。因为两线作战是兵家最大的忌讳。他原本有改变主意的念头，但因话已说出，加之关羽的脾气，惹火了很难协调，这才忍住不另提他人。他想把赵云留下来，带关羽、张飞赴西川，又恐刘备起疑，所以没有作出任何变动。

再怎么说，关羽是刘备的结义兄弟，排行在张飞前面，由关羽来担此重任，当然最合适不过。可见组织中的班底或称核心团队，往往会分出亲疏。刘备如果考虑周到，在书信中明说请赵云留守荆州，应该会更好。

领导力箴言

中国文化讲伦理，伦理最注重的就是亲疏有别、长幼有序，而不是一视同仁。领导对员工到底是一视同仁，还是差别对待？一视同仁就是以领导为核心，对待每一位员工都一样；差别对待就是对这些人比较信任，对那些人差一点。

如果从其中只选择一种，那就偏离了中庸之道，不合乎中国式管理的要求。在不了解员工的情况下，应该一视同仁；若是接触一段时间之后，仍然停留在一视同仁的状态，岂不表示领导连好人坏人都不会分，而且简直是非不明，连最起码的判断力都没有？那还当什么领导！反过来说，领导在一开始就采取差别对待的方式，员工就会怀疑领导是依据哪些标准，也许原本就是成见、偏见在作祟，当然不服气。搞差别对待还容易形成小团体，产生党派之争。

所以领导者嘴上要讲一视同仁，心里想差别对待，逐渐按实际贡献和表现将下属区分为三层。最内层属于核心人物，领导应以“没有你我会死”的心情来加以礼待，给予特殊的照顾。第二层为“有也好，没有也好”的一般员工，如果他们不能再努力，提高贡献度，只能给予一般的照顾和客气的对待。最外层则为“早走早好”的待提高员工，若是他们不知自省、自律，就希望他们另谋出路，不要待在这里混日子。领导必须站在公平的立场，确实依据公共目标来考核，不夹杂私心，公正地区分员工。相信员工会认同这种作风的，这就是合理的不公平。

最内层的核心人物，是十分值得领导信赖、依靠的少数人。日本人宣称“企业由少数人维持”，中国人似乎把这一句话发挥得恰到好处。让少数有心而且用心的人士，构成坚强的第一道防线。

作为领导，首先必须信任自己的班底，但同时也不能对第二层和最外层员工的意见不闻不问。一方面表示一视同仁；另一方面也要开启最内层的门，让更多的员工可以通过努力而成为班底的一分子。当然，这种做法同样具有防患作用，使班底提高警觉，不但不能够营私舞弊，而且应该更加用心，否则第二层、最外层的人会向领导反映，影响领导对班底的信任。总而言之，在用人方面不管是一视同仁还是亲疏有别，“合理”二字才是最重要的。

诸葛亮失误用马谡：领导识人不能只看表面

司马懿举荐张郃为先锋，引军二十万，出关迎战。他料定诸葛亮一向谨慎，不敢走子午谷。这样，街亭就成为诸葛亮必经的要地，务必先断其要路，以绝其粮道。蜀军若一月无粮，自然退回。

诸葛亮这边，同样料想司马懿出关，必取街亭，便问谁敢引兵去守。参军马谡立即表示愿往。诸葛亮说街亭虽小，关系却十分重大。倘街亭有失，吾大军休矣！马谡坚持去守，诸葛亮还是不依。最后以军中无戏言，要马谡立下军令状，若有闪失，斩杀他全家。为安全起见，又指派王平相助，并特别提醒王平，这是重任，安好营寨之后，派人画图持回，以便查阅。凡事商议妥当而行，万万不得轻易私自决定。又派高翔屯兵街亭东北的山僻小路，以便及时引兵救援。再指派魏延在街亭之后，以便接应街亭。

二人所见略同，都以街亭为目标。一攻一守，俨然是大战的关键。诸葛亮还是不放心，要赵云、邓芝各引一军出箕谷，以为疑兵；自己则统领大军，兵出斜谷。

马谡在白帝城时，曾经被刘备点名，要诸葛亮特别小心他时常言过其实，千万不可重用。但是其南征时所提的攻心、收心策略效果很好，诸葛亮十分欣赏。这次用他当参军，经常和他讨论，也有很多意见相同。诸葛亮觉得刘备每次出征，都喜欢提拔新人。既然这次马谡如此坚决，也就委以重任。不料他对人的判断，仍然不及刘备。第一次派人独挑大梁，便用错了人。

领导力箴言

诸葛亮曾说："知我者，幼常也。"可见其对马谡的赏识。诸葛亮看重马谡提出的策略，却没有全面地识人用人，忽略了马谡言过其实的缺点。马谡虽有才能，但言过其实，不适合独挑大梁，做参谋还可以。所以，领导首先在识人方面应该全面把握，充分认识人的优点和缺点、长处和短处，这样才能保证在用人的时候两方面兼顾，所用即所长而非所短。

举例来说，甲能力强，办事热心，思虑周到，可惜手脚不干净，钱财方面相当不可靠。这样的员工能不能用？不用的话，浪费了一位有用之才；用的话，经常提心吊胆，也很可能造成祸害。这种两难最好用兼顾的方式，把用与不用合起来想，也就是用其所长而防止其所短。换句话说，只要不让他有机会经手金钱，当然可以让他一展长才。对于他的长处，尽量加以鼓励，使其如愿以偿，获得表现的机会；对于他的短处，用不着大张旗鼓广为宣扬，使其抬不起头来，那样等于毁掉一位人才。扬善隐恶，对甲而言，殊有必要。

扬善隐恶，并不是忘记他的缺失，而是伺机预防，防患于未然。但是，在防弊之外，尚须重视兴利，要提供合适的机会，让员工的长处有显著的表现，这便是人尽其才。人人能够尽其才，即是人人可用。

错用人诸葛亮自贬：领导更要以身作则

诸葛亮回到汉中，发现只有赵云这一军不折一人一骑，盛赞他“真将军也”，赠与黄金五十斤，以示奖赏。赵云请将赏金寄库存，要用时再拿，令大家倍觉钦敬！

马谡和王平来见诸葛亮，诸葛亮先唤王平入帐，责骂他不尽劝谏的责任。王平说明马谡固执己见，坚持不听别人意见。诸葛亮叫王平出去，再唤马谡入帐。马谡把自己捆绑起来，跪于帐前。诸葛亮说依军法处置马谡当斩，他的家小将按月给予禄粮，让马谡不必挂心。马谡哭着说：“丞相视某如子，某以丞相为父。某之死罪，实已难逃，虽死亦无恨！”诸葛亮挥泪，令左右将马谡推出辕门斩首。参军蒋琬，刚好从成都来，高喊刀下留人，已来不及。武士献马谡首级于殿下，诸葛亮大哭。说先帝曾经面嘱，马谡言过其实，不可重用，今果尝此言。于是自作表文，请蒋琬申奏刘禅，自贬丞相之职。

诸葛亮自己承认用人不当，所以自请处罚。刘备死后，诸葛亮一直以马谡为知心的参谋，这一次失误对他的打击非常大。按理说胜负乃兵家常事，并不是打败仗便应该杀头。但是事先诸葛亮曾经再三交代此事非同小可。马谡犯了重大的过错，不能及时作出一些调整，但至少也要以最大的勇气和毅力将伤亡减到最低。怎么可以临事而惧，致令军士惊慌失措，造成这么惨的溃败？如果马谡战死沙场，诸葛亮还多少有一些交代。现在他活着回来，难道还想活命吗？他不能力战而后败，才是诸葛亮下令斩首的主要原因。然而，这是因为自己用错人，至少也要给马谡一些同情，所以挥泪，而且承诺照顾马谡的家小。

领导力箴言

诸葛亮用错了马谡，失了街亭，犯了大错。为了严明军纪，他虽然后悔、心痛，仍坚持斩了马谡，并主动向后主刘禅申请自贬，作为处罚。既表现了他作为领导的人情，也显示了他作为领导者的公正和奖惩分明。其对于惩罚问题的公正性和以身作则的意识非常令人钦佩。

奖惩分明是合理的做法，良好的领导者，除了具备学识、经验、操守这三种条件以外，最重要的还是尊重制度。领导滥用权力，乱开恶例，对员工就是不良的示范。所以领导应该以身作则，率先尊重制度，尽量减少例外，绝对不开恶例。

领导的一言一行会直接影响到员工的行为，所以领导必须做好榜样，才是良好的身教。身教重于言教，以身作则比说教还要有效。

回顾历史，商鞅在变法之前，曾先在南城门放置一根三丈高的木头，并悬赏能把木头搬到北城门的人奖励十金。大家认为是开玩笑，不肯尝试。商鞅把赏金提高到五十金，有一人搬了，商鞅马上付给了他五十金。这种戏剧性的悬赏，乃是今日电视节目所流行的统统有奖的前身，这纯属表演性质，并不能用作为管理的法则。

作为一个领导者，当然可以配合必要的赏罚。但赏罚犹如一把刀，有刀刃有刀背，必须审慎使用。

姜太公主张“赏贵大，罚贵小”，便是通过“多赏少罚”的精神，使员工自发性地工作。职位高的人，领导会给他面子，但是职位低的人更需要被尊重。因此，领导在配合必要的赏罚时，务必做到以下四点。

第一，尽量多赏少罚。

第二，“赏贵小”，要奖励先奖励官小的，不要老奖励官大的。

第三，“罚贵大”，犯了错误从职位高的先罚起。要罚先罚官大的，不要先罚官小的。

第四，赏罚要公正，力求有效。

同时，奖励也要坚持以下三个原则。

一是本职工作做得好，不可以奖励。这是员工应该做的工作，凭什么奖励他？如果每个人本职工作做得好都要奖励，那就应该普遍发奖金了。

二是没有争论的奖励要公开，有争论的奖励要私下去执行。凡是有争论的、大家愤愤不平的奖励，是没有必要公开奖励的。凡是有具体事实、数据很明确的，就公开奖励；凡是大家很有意见的，就私底下奖励。

三是奖励要尊重被奖励员工的需求。领导要和他好好商量，看看他最想要的是什么，然后按照他的意愿去奖励。这样才是真正地尊重人。

第四章

Chapter 4

领导自我强大的修养之道

第一节　修身做人，做仁德厚道的管理

如今企业最提倡的是仁德管理，这是一种独特感人的领导艺术。一个人一生中一项重要的工作就是不断提高自己的品德修养，相比之下成就还是次要的。有些时候人才更青睐于为厚道的老板打工，而大家也非常拥护“亲民”的领导。仁义经营是体现管理者领导力的最佳表现形式，因为很多人宁愿通过品德来看一个人的贡献，而不是他的才能。

刘备三让徐州：仁义之名是最好的广告

曹操发兵攻打徐州。徐州牧陶谦自知曹操兵多势大，难以抵挡。接受糜竺的建议，写信向孔融求救。孔融字文举，山东曲阜人，是孔子二十世孙，自小聪明敏捷，表现出奇异的才能。二十八岁时，便担任北海郡守，甚得民心。

孔融与陶谦的交情深厚，但是要和曹操对抗，也是心有余而力不足。于是想起刘备，委请太史慈代为致意。刘备很高兴孔融居然知道他，满口答应，向公孙瓒借兵前来支援。陶谦见刘备仪表轩昂，语言豁达，十分欣赏。他令糜竺取出徐州官印，要将徐州让给刘备，表示自己年迈无能，情愿让

贤。刘备惶恐地说明，此来完全是帮忙性质，绝无并吞的意思，否则皇天不佑！

刘备向公孙瓒借兵时，公孙瓒问他与曹操无仇，为什么这样热心。刘备说孔融为义而帮助陶谦，自己既已口头承诺，便不敢失信。为信为义，岂能夺人城池？

陶谦再三谦让，刘备就是不肯接受。我们不妨以小人之心来度刘备的君子之腹，分析一下。他不是一直想创业吗？如今现成的地盘居然不要，是不是由于曹操想要，他才不敢要？因为如果他答应下来，曹操就会转移目标，绝不放过他。这样一来，岂不是白要？还会增加麻烦。心里再想要，也应该以不要为上策。不要才不致乱要。不要权利，只尽义务，使刘备的声望大大提高。刘备写信给曹操劝和，曹操当然听不进去，大骂刘备何人，也敢如此劝他。不料吕布受到陈宫的劝说，攻打曹操的大本营兖州。曹操觉得情势不妙，听了郭嘉的话，卖个顺水人情给刘备，曹兵退去。

刘备的举动，使陶谦更加敬重刘备。他请来了好几位见证人，推刘备上座，一定要把徐州让给刘备。刘备说："孔融邀我共救徐州，是为了正义。如今无缘无故据而有之，天下将以刘备为无义之人呀！"

糜竺、陈登是陶谦的左右手，同声劝刘备不要推辞，表明陶谦让徐州是出于真心真意。孔融也说"今日之事，天与不取，悔不可追"。刘备坚持不肯接受，只答应屯兵小沛，以保徐州。张飞对刘备说："又不是我们强要他的州郡，他好意相让，何必苦苦推辞？"

张飞的话当然颇有道理。三兄弟辛苦奔走为的是什么，还不是寻找一个根据地，然后逐渐求发展？如今难得的机会，为什么要放弃？想不到刘备严厉地说："汝等欲陷我于不义耶？"刘备不好意思对其他人说出这样的重话，借着张飞小弟自家人有话直说，表白自己的真诚心态。如果他这么做是假的，那他就是十足的伪君子，连曹操这样的真小人还不如；倘若是真的要推让，便非常了不起，值得我们尊敬。刘备这么做到底是真是假？必须再往后看才能看清楚。

不久陶谦病危，要刘备可怜汉家城池，接受徐州官印，并且推荐孙乾、糜竺相助。刘备始终不肯，陶谦以手指心而死。刘备不得已暂管徐州，后来又让给吕布，自己仍然屯兵小沛。这才换来吕布的辕门射戟，把袁术派来的大将纪灵弄得左右为难。但是吕布哪里守得住徐州？到头来也是一场空。

应该得到的东西，得到以后，还要守得住。若是守不住，得到还不是等于没有？刘备深明此理，所以三度让徐州。因此，仁义之名，远播各地，实在收获颇大。

领导力箴言

我们有时会听到有人说："凭他那种德行也想管我吗？"其言外之意就是，他首先要管好自己才能管我！中国人十分重视德行，认为只有品德优秀的人才有资格管理别人。

智慧的领导方式，是直指人心的，能够让员工乐于接受、愿意追随。这种领导技巧叫化解，像水一样遁于无形，比起生硬的解决不知高明多少倍。刘备再三推让徐州，得了人心，又为自己的仁义做了非常到位的宣传，还是非常明智而正确的。收了徐州也是未必能守住，与其如此不如宣扬一下自己的仁义之名。

中国文化向来重视“仁”与“义”。孔子论道，大抵是以仁为主，仁就是爱。员工的人性，要以关怀、关心、珍惜、爱心来感化。仁必须合义，关心、关怀、珍惜、真情、爱心都应该合理，不可以过分，以免造成溺爱、滥情的恶果。因为仁如果不合于义，则爱之很可能足以害之，可见徒仁不足以收到理想的效果。必待有合于义，而后始能保其有益而无损。我们中国人不崇拜英雄豪杰，只崇拜仁人志士，这是不一样的。就是你有善心，但是你要知道如何把它表现得合理。合理不合理，最好先用礼俗、制度来加以规范。

“义”是正当性，正当与否是一回事，而组织成员接受不接受，则是更为重要的一回事。孔子说：“苟志于仁矣，无恶也。”人如果有仁心，则大公无私，便能够明辨是非，所以“仁”为“义”本，孔子更由义推到仁。孟子说“居仁由义”，以“仁”为“人心”，“义”为“人路”。组织成员立有“道心”，则其态度行为必力求正当，而凡是合理的，也就由肯定而欣然接受。所以，领导干部要先以仁义之心收服员工，之后才能让员工欣然听令于自己，这是领导的艺术。

曹操杀吕伯奢：敏感多疑失人心

司徒王允假装做寿，要大家设法杀董卓。曹操说不需要大家费心，私下向王允索取了七星宝刀，亲自到宰相府杀董卓。正好董卓想睡个午觉，曹操心想良机不可失，把宝刀拿出来，正欲行刺，不料被董卓看到，曹操赶快说自己是要献刀。

曹操谋杀不成，逃出城外，想潜回故乡谯郡，再作打算。沿途幸遇中牟县令陈宫，他认为曹操是忠义之士，愿意弃官陪同曹操逃走。到了成皋地方，路过曹操父亲结拜兄弟吕伯奢的家门。曹操看天色已晚，便同陈宫一起借住吕家。吕伯奢告诉曹操朝廷到处悬挂文书要捉拿曹操，并说曹操父亲已离开家乡到他处暂避。吕伯奢很高兴地留两人住下，向陈宫说家中没有好酒，要出去买酒，便匆匆骑着驴子出去了。

曹操和陈宫疲累不堪，躺在床上休息。忽然听到庄后有磨刀的声音，这引起曹操的怀疑。认为吕伯奢不是至亲，很可能出卖他。为安全起见，与陈宫联手将吕家男女八口全都杀死。这才发现厨房内有一头猪被捆缚着，吕家是为了杀猪请客才磨刀。陈宫想：曹操疑心太重，误杀这么多好人。两人逃出吕家，走不到两里路，看见吕伯奢驴鞍前悬着两瓶酒，手里还拿着果菜，问曹操为什么离去。曹操挥起剑来把吕伯奢也杀死了。

陈宫说刚才是误杀，现在却明知故犯，实在是大不义。曹操忽然冒出一句“宁教我负天下人，休教天下人负我”的狠话。曹操这样，固然心里十分痛快，却祸害终生。大家从此以不义之人来看待他。不管他多么礼贤下士，多么爱才如命，多么率性从事，都被这个不良形象完全淹没掉。足证一句话可以兴邦也可能亡国，何况区区一个人？曹操一时痛快，换来无穷祸患。相信他事后想想，也会伤心后悔。我们从他后来的转变，不敢轻易说出狂妄的话可以知道，他多少有一些节制，可以想见他心中之悔恨。

隔不了几天，陈宫便心生害怕，认为这样狠心的人，必须把他杀掉。转念一想，自己为了国家的利益才跟他逃走，杀之不义。于是连夜离开，投奔他处去了。

曹操醒来，不见陈宫踪影，也不敢久留。赶忙回到家乡，招募义勇，准备号召各地方派系，群起讨伐董卓。彼此以大义为旗帜，和董卓展开激烈的争战。

吕伯奢全家惨遭杀害，其实是曹操多疑、残暴，吕伯奢不够谨慎、不能设身处地多想想所造成的。吕伯奢把曹操收留下来，有东西吃就好了，何必杀猪还要出外买好酒？真的要去，也应该亲自告诉曹操，而不是告诉陈宫。自古以来，好人早死，多半原因即在好人问心无愧，便疏忽了防人之心，以致受到祸害。大家普遍认为老天不长眼睛，不知道保护好人，其实好人自己也有很大的责任。天助自助者，凡事要自己小心，上天才可能保佑。吕伯奢的一片好心和警告曹操被到处悬赏捉拿的气氛并不调和：要磨刀杀猪，也应该告诉曹操，因为他彼时有如惊弓之鸟，怎么会不起疑心呢？

领导力箴言

陈宫离开曹操，一是因为曹操敏感多疑，二是他也从曹操的言行看出曹操是个不讲义气的人。西方人不太相信义气，他们觉得义气非常不靠谱，他们重法律，凡事都签合同，按约定进行。而有些中国企业没有合同时合作得很好，要签合同时，反而出现裂痕。因为中国人签字的时候是很谨慎的，害怕签字以后对自己不利，所以签字前必定要求对自己有利的条件，对方也是如此想法，这样二者就起冲突了。

三国时代有那么多英雄人物，最受景仰的是关羽，因为关羽最讲义气，而中国人特别重视义气。中国人自古以来就有侠义之风，路见不平拔刀相助。当我有难的时候，寻求你的帮助，你还要定契约，还要调查，那我还寻求你的帮助做什么？

以前的商帮在这方面做得很好，彼此联系，加深了解，增强信任。而且一人有困难，不需要开口，别人就会主动帮助，借钱不要借据都没有关系，这样何事不能成功？

因此，领导者应该学着信任员工，关键时刻员工才能够提供及时的帮助和支持，而不是像陈宫一样离开。

刘备摔阿斗：人性化领导魅力大

刘备一生最成功的地方在于充分信任部属，能够放手让大家发挥潜力。也就是把众人的成就看成自己的成就，真正表现出“成功不必在我”的伟大胸襟，令人敬佩。新野失守，在逃亡途中，部将糜芳受伤，向刘备报告“赵子龙反投曹操去了”，刘备完全不相信。张飞在旁煽动，刘备还是坚定地说“子龙必不弃我也”。

他这种态度，其实对他最为有利。如果赵云真的弃他而去，大家听了刘备的话，一定对赵云更不谅解：主公那么信任他，居然如此不讲道义。若是赵云并无反叛的企图，将来知道刘备十分信任他，势必更竭尽全力。无论如何，大家对刘备的好感，都会因而增加。假定刘备一听到报告，便怒斥赵云为不义之徒，甚至说出老早料定有这么一天的话来，刘备的仁义便成为虚名。不久赵云回来，发现刘备的假仁假义，恐怕真的有一天会弃他而去。可见上司对下属的信任非常重要。

赵云当然不可能投靠曹操，他和诸葛亮一样慎择明主，自然知所进退。他费尽苦心，冒着性命的危险，好不容易把甘夫人从沙场中救了出来，回头还救糜竺一命，夺取两匹马，请甘夫人上马，送她回长坂坡。张飞听说赵云投奔曹操而去，十分愤怒，看见赵云，大声责问他："为何反我哥哥？"赵云说正在寻觅主母和小主人，便折回去继续寻找。糜夫人身受重伤，为了不拖累赵云，把阿斗放在地上，翻身投入枯井中而死。赵云恐曹军盗尸，便将土墙推倒，掩盖枯井，将阿斗抱在怀中，杀退众军将，突破重围。曹操正在景山顶上观战，看见赵云如此神勇，惊为虎将。下令务必生擒，不许放冷箭，想不到因而救了赵云和阿斗。从此常山赵子龙声名大噪。

刘备与众人在树下，赵云怀抱阿斗，下得马来，双手把阿斗捧给刘备。这时候刘备的反应是普天下想得人心的首领都应该用心学习的。他双手长得比常人要长，据说双手下垂，长可过膝。所以把阿斗接过来，顺手放下去，就好像掷在地上一样，不面对赵云，却对这个不会听话的孩子大声地说："为了你这个孩子，害我差一点折损一员大将。"相信赵云听了，心里一定牢牢记住："下一次阿斗有难，务必尽心尽力救他。"虽然嘴巴上讲"云虽肝脑涂地，不能报也"，心里却坚定地告诉自己：这样的领导者，为他战死也值得。其他同人，也都敬佩刘备的人品，坚决地服从他的领导。

领导力箴言

对于赵云，如果刘备不以关怀为导向，改为工作导向，接过阿斗，第一句话便是"快拿小鬼惊风散"，认为救阿斗的命要紧，其他的事情慢慢再说。相信赵云失望之余，也会暗自决定：以后阿斗的事情，交由小鬼惊风散去处理，我保命要紧，不再如此冒险了。其他同人，也会觉得心灰意冷：这样的领导，用不着为他拼命，太没有人情味了。中西文化的差异，在这种地方最为明显。中华民族的关怀导向，远比西方文化所重视的工作导向，要有情有义得多，更合乎人性化的管理。

要想成功，首先就要得人心。古人说，得民心者得天下，得人心者昌，都是至理名言。身为领导者，能够包容多少人，就可以带出多少人的团队，而且彼此如一家人一样，合作默契，这是成功的开始。

那具体什么叫作"心"呢？这里的心不是指你身上跳动的器官，那是心脏。中国人是世界上最用心的人，我们的心在哪里？

古人常说，颠倒心。颠倒就叫心，什么意思？当你想事情的时候，你想完好的一面后又想了坏的一面，这就是颠倒，你的

"心"就体现出来了。只想好的一面，那是一厢情愿，是不用心。同时又想坏的一面，这就是用心的表现。

公司能不能经营得好，要看员工有没有齐心协力，是不是一条心。把员工变成家人，让所有员工都把公司当成第二个家，很多问题就可以迎刃而解，因为天底下只有一家人才是一条心。职业经理人在管理水平上或许更胜一筹，但是在"心"上，他永远比不过家人，只有家人才会全心投入，当然这里不排除有一些别有居心的"家人"。

张松投刘备：领导者的品德修养最重要

益州牧刘璋，曾杀汉宁太守张鲁的母亲及弟弟。曹操南下受阻，打算改取汉中。张鲁与弟张衡，商议趁机攻占益州。消息传来，刘璋大为恐慌。他的别驾从事张松认为刘备是曹操的真正敌人，不如把他请来，让他去攻打张鲁。汉中一破，益州的力量增强，就不必害怕曹操。刘璋大喜，派张松为代表，欢迎刘备入蜀。张松收拾金珠锦绮，先赴许都一探虚实。

张松来到许都，求见曹操。不料曹操自破马超以后，十分得意。每日除饮宴外，无事少出。张松等了三天，还要贿赂左右近侍，这才得见。曹操开口便问他为什么这几年都未见进贡。张松回说路途艰难，又有贼寇。曹操拂袖而起，转入后堂。主簿杨修和张松舌辩半天，你来我往，更加增强张松的信心，必须舍曹操而请刘备。

刘备因曹操南下而获得荆州，现在又将因曹操而得到进入四川的机会。曹操最害怕刘备开拓势力，却阴错阳差给了刘备很大的助益。岂不是恩生于害，而害生于恩？曹操若是知道这样的后果，会不会改变主意？恐怕只有他自己才知道。

世间的事原本就牵一发而动全身。牵这一发，由人决定，全身要怎么动，则由那只看不见的手决定。到底是天从人愿，还是事与愿违？就要看这个主要人物的品德修养。张松可以投刘备，也可以投曹操，他所想的，不过是立下一桩功劳。最后舍曹操而就刘备，则是这两人的品德不同所造成的结果。

领导力箴言

“修己”的意思，是修炼自己，而不是改变他人。有人花费太多的时间和精力去改变别人。这种错误的方向，浪费了很多管理成本。领导若是一心一意想要改变员工，员工就会保持高度警觉，不是全力抗拒，便是表面接受，阳奉阴违。领导不如用心改变自己，让员工受到良好的感应，自动地改变自己，更为快速有效。

用高压的政策，要求员工改变，并不符合安人的要求，也不符合人性化管理，员工会以不合理为由，加以抗拒。

领导先修己，感化员工也自动修己。双方都主动修身养性，自然更加合理。人人自求合理，才是最有效的管理。

外国有很多科学的管理理论，但是没有一个理论提到修己安人，这是一种中国特色的原则。因为领导自己不能修身养性，就领导不好任何人。中国人的眼睛喜欢往上看，领导的一举一动都逃不过中国人的眼睛。如果领导的所作所为没有人在意，就表示领导的职位较低。当领导的职位越来越高以后，领导讲的话，会有人帮他散播出去；他做的动作，会有人添油加醋地模仿。

因此作为一个领导，一定要以身作则。以身作则不是要求领导的技术领先，这是不可能的；也不是说样样做表率，那也是错误的。以身作则专指德行方面，比如，讲信用，处理事情谨慎，对人诚恳，等等。

领导要让员工觉得，面对这样的领导，他们不忍心骗，这样领导就成功了。领导越不信任员工，员工就越有可能做对不起领导的事，有句话叫作“管得越严出纰漏越大”，讲的就是这个意思。你既然怕我骗你，那我就骗你好了，很多人都会有这种心理。

有个企业老板跟我说过，他经营了十几年，没有一个员工跳槽，因为他根本就没管过员工，而是做到让员工看到他就觉得不好意思欺骗他，所以他的员工都兢兢业业。这就是成功的领导。

中国人都是很有良心的，如果领导的德行不够，员工就会认为：像他这样的领导，我对他讲良心干什么？下面这件事是我在一个企业亲眼所见的：有一个工人看到自来水龙头没关严，他本来想过去把水龙头拧紧，但是转念一想，却把水龙头开得更大了。他说：“我本来想关上水龙头，但一想到我们老板的所作所为，我就改变主意了。”

从这件小事可以看出修己安人的重要性。中国人只有“安”的时候，才会尽心尽力，各负其责，将自己所有的长处都发挥出来；当中国人“不安”的时候，就开始动“歪”脑筋了，因为自己要生存。因此，领导的品德修养对一个企业的发展是非常重要的。

刘备取蜀地：诚信是最有力的工具

刘璋听说刘备率军来援，亲自到涪城相迎。张松与法正、庞统商议，要刘备在宴席中杀刘璋，蜀地唾手可得。刘备则坚持刘璋既为同宗，又诚心相待，不同意如此。庞统再三相劝，刘备还是以“初入蜀中，恩信未立，此事决不可行”为由，坚决不依。但是，法正和庞统认为机不可失，叫魏延登堂舞剑，要伺机杀刘璋。刘备大惊，喝令即刻停止。刘璋归寨后，还是不相信众将的劝说而相信刘备，忽闻张鲁来犯葭萌关，于是请刘备前往拒敌。哪里知道刘备到了葭萌关，并不进兵打张鲁，却广施恩惠，以收民心，这才引起刘璋的怀疑，从此对他严加提防。

纯粹从军事的立场来看，刘备酒席间杀刘璋，可以省去不少事情。然而，如此一来，刘备便和曹操没有什么区别。何况刘璋一死，刘备的信用丧失，蜀地人士必然奋力抵抗。刘备不接受徐州，反而得到荆州。如今面对刘璋，同样是同宗兄弟，当然依样画葫芦，以期获得更好的成果。刘璋如果对刘备深信不疑，刘备不论仁义是真是假，都不方便翻脸。刘璋对刘备生疑，使刘备毁书发怒，先取涪城然后攻取成都，且看似合情合理。

庞统的计策，属于先急后缓，杀刘璋很快，要取蜀土却会很缓慢，而且会陷刘备于不义。

领导力箴言

北宋政治家司马光说："夫信者，人君之大宝也。国保于民，民保于信；非信无以使民，非民无以保国。"

中国是个文明古国、礼仪之邦，历来重视诚实守信的道德修养。"诚信"作为中华民族传统文化中的精华源远流长。打开历史长册，关于诚实守信的记载信手拈来。《春秋左氏传》里就有"君子之言，信而有征"这样的表述。管子曾言："诚信者，天下之结也。"意思是说讲诚信，是天下行为准则的关键。《周易》言"人之所助者，信也"；明朝冯梦龙《东周列国志》有言"信者，国之宝也，民之所凭也"。可见，诚信在古人心目中的位置多么重要，古代的圣贤哲人一直把诚信作为一项崇高的美德加以颂扬。

中国人自古以来就有许诺和重诺的传统。而言必信，行必果，不论是对一个人，还是对一个国家，都是至关重要的。在三国中，刘备的方式是先仁至义尽，再翻脸无情，是先缓后急。下决心取涪城，要经过一段时间。但是接下去的进展，应该比较顺利。凡事缓急、先后、轻重，只在一念之间。作出决定的时候，谁也料想不到后果如何，所以还是以仁义、信用为重比较务实。

第二节　正心安人，成为团队的核心

领导实行管理是需要感情的，以心交心的领导策略看起来更加人性化，也更有利于团队上下精诚团结，同心协力。当然更重要的是，这样做可以更好地树立自己作为领导的管理威信——只要自己一声令下，身边的人就绝无二话地贯彻执行。这真的是一门很高超的管理艺术，只要领导时常怀有一颗重义守信之心，就必然可以成为众人心服口服的核心人物。

桃园结义：志同道合团队稳

刘备自我介绍：“我本汉室宗亲。”张飞自称“颇有资财”，关羽又刚好“逃难江湖”。他们心中有一种默契，要联合起来，干出一番大事。果然皇天不负苦心人，桃园三结义发挥了很大作用。

刘备字玄德，幼年丧父，和母亲相依为命。家境清寒，以编织草席、贩卖草鞋为生。由于祖先是汉景帝的儿子中山靖王刘胜，刘备常觉得自己有破贼安民、维护汉室的责任。因此热衷于结交天下义士，并不太专心读书。

他很会看人。看到关羽和张飞的武艺高强，心想若是具有共同的理想，密切合作，应当能够发挥更大的力量，干出一番大事，于是与他们结拜为异姓兄弟。

刘备先认识张飞，张飞有一些资财，可以拿出来招募乡勇，而且志同道合，愿意同举大事。关羽原本是外地人，因为在家乡杀了恶霸，逃难在外，才和刘备、张飞认识。三人愈谈愈投机，既然有意同心协力，救困扶危，上报国家，下安黎民百姓，当然要结拜为兄弟，发誓齐心一致。他们都愿意跟着刘备这位大哥干出一番大事业。

我们奉劝各位，少动这种脑筋为妙。当今社会，各种组织已经相当繁多而且周密，用不着这种方式。万一找错了对象，怎么办？朋友之间，可以采取谨慎的态度，逐渐加深彼此的认识，拉近彼此的距离，但是结拜这种事情，最好能够避免，以策安全。特别是现代社会，变动性很大，谁也料不到以后会变成什么样子。多交一些朋友，少动结拜的脑筋，应该是良好的态度。

当然，刘备会这样做，有其特殊原因，分述如下。

刘备为皇族后代，从小存有做皇帝的梦想。可惜幼年丧父，家境贫穷，到了28岁，仍然以贩卖草席为生。幸好他15岁时，便开始游学，在汉末名臣卢植处学习。刘备既有伟大的抱负，又有识人的能力，看到关羽、张飞这样的人才，当然不肯轻易放过。虽然刘备当时没有什么名位，却也隐约可以看出领袖人物的风度。所以，抓住良好机会，刘备一开口便获得两人的回应。

刘备待人诚恳，聪明机警，十分受人欢迎，以他这种人中英雄，来号召关羽和张飞，成功率很高。因为关羽最喜欢读《春秋》，是一位富有正义感的豪侠。而张飞声若巨钟，很喜欢以武会友。三位都是了不起的人物，彼此的能量和频率都十分相近。当时桃园中花开正盛，社会又有聚合人才的需要。刘备看出天时、地利、人和三种条件俱全，自然提出结义的呼吁。

但是，正因为这是十分特殊的事例，所以流传至今，仍然为人津津乐道。如果自古以来的异姓结拜兄弟都很有成就，恐怕大家也不致如此重视刘、关、张结义了。“义”这个字，说起来容易，真正做起来，非常不简单。并不是一时兴起，便可以随便结义的。

领导力箴言

企业的规模再大，也不过是少数人的结合。行政组织再庞大，真正可以左右大局的，只有那极少数的首脑人物。要求合理应变，其实只有一个十分简单的要诀，可以说放诸世界而皆准，突破时空的限制，那就是我们常说的：亲贤臣而远小人。也就是自古流传迄今，代代都被一再重复强调的：亲贤远佞。

诸葛亮对后主刘禅的建议，在《出师表》上说得十分清楚：“亲贤臣，远小人，此先汉之所以兴隆也；亲小人，远贤臣，此后汉之所以倾颓也。”

志同道合，是组织的首要条件。乌合之众，就算看起来黑压压一大堆人头，也只是各怀鬼胎，各有不同的利害标准，稍有风吹草动，即如鸟兽散去，并不算是组织。

组织文化，便是组织成员赖以结合聚集的“道”所表现出来的某些独特的品质。各种组织，各有不同的道。所以同道，并不限定于正道。邪道结合，同样是志同道合，却显然与正道相背。

这里所说的道，当然专指正道而言。什么叫作正道？就是一切依天理，凭良心所走出来的途径，所做出来的决策以及所坚持贯彻出来的成果。

千人诺诺不如一人谔谔，人多未必意见就好。流行的道不一定是正道，而传统更不代表故旧得必须丢弃。可见民主只是政界人士的一种口号，企业管理民主化则多是嘴上说说、实际上行不通的东西。

创业之初，以志同道合的少数人为伙伴。组织扩大之际，以组织文化来吸引闻风而来的同道。这样的组织，必能欣欣向荣，不断茁壮成长。

志同道合的积极表现，在于能够委曲求全地达成一致的协议，找出合理的应变措施。

刘备、关羽和张飞桃园三结义是最好的组织形态。三人共同塑造组织文化，这才吸引赵云、黄忠等人才乐于投入。这些志同道合的人创造了蜀国。创造出当时的大变局，则是这些志同道合的人士，适时合理应变，所缔造的丰硕果实。

但是，从三顾茅庐的过程中，我们发现三结义的兄弟对同一事件的看法也有相当大的分歧。在刘备心目中，诸葛亮是安天下的奇才，而在关羽心中，诸葛亮不过徒有虚名，张飞更把诸葛亮看成一般村夫。员工不了解干部的心思，干部不明白老板的想法，乃是常见的事实。

管理需要伦理的配合，在这种情况下，显得格外分明。刘备适时制止两位弟弟的无理，合理地应变，顺利地完成不寻常的求才举动。

组织内有人能够拍板定案，才有决策之可言。若是纷纷扰扰，七嘴八舌，今天决定了明天还可以翻案，哪里有什么应变的力量？拍板定案的决策者要拥有最后裁决权，在志同道合的组织成员中，是不可或缺的首脑。

老板可以自己充当决策者，也可以委任他人来代为决策。刘备请到诸葛亮以后，自己认为如鱼得水，把一切决策权都委之于他。曹操就不一样，他自己作决定，从不假手他人。他所信任的人，如郭嘉、程昱，不过充当可靠的助手，从来没有决策权。

曹操的个人英雄主义和刘备的集团参与作风，都是志同道合的组织可以采取的应变方式。在一般人心中，刘备的能力虽然看似不智不勇，却能够借众人才的力量，表现出真智和大勇。就连自视甚高、骄傲成性的曹操，在刘备十分倒霉的日子里，也看出“当世英雄唯使君与操耳”。

志同道合只是合理应变的基础，重视伦理，建立共识，才能够在遇到变动时，寻找出合理的平衡点。

中国式管理的三大特色：以人为主、因道结合、依理应变。不但可以因人而异、因道而异，而且同样的人员和理念，还能够因时因地合理调整，以求制宜。

吕布投奔董卓：谨慎对待有才无德的成员

现代人离三国时代非常久远，很不容易想象当时的情景，加上现代人把跳槽看成正常的现象，所以才以吕布为例，来说明跳槽的负面影响。实际上，谈《三国演义》，应该以人物的品德志节为中心。历来评论三国风云人物，大概都不会褒奖吕布，原因就在于人们认为他不是正直诚实的人，品德很不好。

有才能而无品德的人，注定一生不会有好结果。这种说法，现代人大多不相信，所以社会才会这么错乱。通过我们长期观察，时至今日，这个道理仍然适用。以吕布为鉴，是我们的建议。作为领导者，意念真诚，心自然就能够端正。诚信的重点在一个“正“字。只有先端正了自己的心，才能赢得别人的尊重。

吕布生得器宇轩昂，威风凛凛，手执方天画戟。后来他又得到董卓的爱马赤兔，更是英雄配良驹，为什么搞得后人不愿意提起他的名字呢？原来他年轻的时候，认荆州刺史丁原为义父，追随丁原作战，建立了很多战功。和董卓对阵时，杀得董卓大败，引起董卓的惊奇和恐惧。于是由吕布的同乡李肃出面劝说吕布，希望他改投董卓的阵营。李肃为什么敢于承担这样的重任？因为他素知吕布有勇无谋，又见利忘义，于是建议董卓以赤兔良马，加上黄金一千两、明珠数十颗、玉带一条这些厚利引诱吕布。这和今天的公司，以高职高薪，配以名车、豪宅，要人家跳槽到另一家公司是同样的情况。所不同的是，丁原和董卓这两家公司，前者是老字号，一切合法，而后者则是不合法的仿制品工厂，当然不能够随便携带公司的秘方，为利而跳槽。

结果，吕布为了获得董卓的重视，竟然把丁原杀死，提着丁原的首级前往请功，并且一见面就认董卓为义父，更是令人觉得无耻至极。财关固然难过，也不致为财而不仁不义到这种地步，难怪后世的人不肯提他。

赤兔马是名马，吕布应该想到董卓为什么舍得给他。他听从虎贲中郎李肃的片面之言，说什么良禽择木而栖、贤臣择主而事，又说董卓为人敬贤礼士，赏罚分明，日久必成大业。他也不想想卖主求荣，已经为人唾弃，居然还杀主求荣，而且马上改变原本以董卓为叛贼的观念，认董卓为义父，足见其完全不知道“义”是什么。

董卓要吕布，不过是为了废少帝改立陈留王，自己可以完全操控大局。他本来也舍不得赤兔马，经不起李肃“主公欲取天下，何惜一马”的劝告，才答应送给吕布。董卓舍马，是为了自身的利益。吕布为马杀主，是毁掉自己的前程。成也赤兔，败也赤兔。这一句话将来应在关羽身上，也是同样的状况。赤兔终竟是马，好坏全看骑马的人，不能把责任推在马身上。

如果吕布稍微改变一下，赤兔马照收，投董卓不干，将来骑着赤兔马斗董卓，不知道大家的感受如何？恐怕我们也不会认同他的做法。因为我们评断一个人，不会就赤兔马这一个案来论定，而是大多采取综合的考量，从一个人的生涯历程，来看这个人的品德修养，然后再行评论。关羽赤兔马照收，投曹操不干，骑着赤兔马过五关斩六将，我们把他捧得天高。换成吕布，我们一定把他骂成贪取不义、光收礼不办事的小人，仍然是无耻至极。

领导力箴言

作为领导者，意念真诚，心自然就能够端正。诚信的重点在一个“正”字。《大学》指出：有所忿怒、有所恐惧、有所好乐、有所又换的时候，新旧不得其正。一旦领导者的内心，过分忿怒、有所恐惧、有多好乐、有所忧患的时候，心就不得其正。一旦领导者的内心，过分忿怒、恐惧、贪图或者忧虑，就会造成心不在焉的现象，因而视而不见、听而不闻、食而不知其味；做出来的计划，就会十分偏差而不可行。忿怒、恐惧、贪图、忧虑都是常见的情绪，必须适当加以节制，使其发而中节，才能正心。

心端正了行事才能端正。我们常听人说：“那个人心术不正，品德败坏。”在中国人的传统观念里心术端正、品德高尚比什么都重要。人们认为品德不好但才能很高的人危害更大，因为他们更有能力作恶。

作为一个领导者在用人选人和自身修行方面，一定要格外注意品德修养。

刘备放徐庶：安人措施需要及时调整

刘备是个称职的领导，“情、理、法”兼顾得当。合乎中庸之道的管理，称为中道管理，目标是追求恰到好处，以便安人。依照“老天爷赋予人的本性”之道来管理，最合乎人性的需要，所以是人性化的管理。

徐母殉节，是谋士程昱的诡计。神仙打鼓，有时候也会出错。徐庶再高明，这件事情突然发生，也使得他方寸大乱。偏偏孙乾劝告刘备，必须留住徐庶，以免为曹操重用而危害我方。还说什么徐庶不去，徐母必为曹操所害，徐母一死，徐庶就会力攻曹操为母报仇。说得很有道理，刘备一句也听不进去，所以也没有办法冷静地分析利害得失。徐庶一片孝心，刘备仁德为先，两人一厢情愿地认为徐庶到许昌，徐母便能得救。刘备大方地祝福徐庶善事新主，以成功名。徐庶则发誓终生不设一谋，使曹操白忙一场。两人仁至义尽，但徐母仍自杀殉节。

一个人应该用理智来指导感情，不应该以感情考虑事情。由徐母殉节这件事情可以明白这个道理。刘备和徐庶都冷静下来，相信会进一步推论出后来水镜所说的：徐庶不去，徐母还可以存活；徐庶一去，徐母必定殉节。

这件事刘备要负很大的责任，因为徐庶是孝子，一心一意求去是必然的。但刘备应该冷静地为他分析，帮助他用理智指引感情。

最不应该的，还是孙乾，说一些反效果的话。难怪水镜说他不过是白面书生，并非济世之才。跟着刘备那么久，那么近，居然不了解刘备。

领导力箴言

刘备想让徐庶为己所用，那么就要让他安心地和自己站在同一阵线。但是，情况却随时发生着改变。虽然徐庶也愿意为刘备匡扶汉室出力，但却受制于曹操对其母的控制，这是刘备没有想到的。刘备知道徐庶是个大孝子，却没有理智、冷静地考虑一下其母的为人。最后，刘备为了成全徐庶的孝心，保证徐母的安全，让徐庶去曹操阵营，但还是没能保护徐母。

可见，安人的目标是固定的，但是安人的状况则是变化的，必须随着当时的人、事、地、物来衡量，采取不同的安人措施，才能见效。中国人被误认为“做事不讲原则”，“凡事五分钟热度”，其实是“有原则却必须权宜态度”“一阵子不改变却无效果”的表现所引起的误解。

安人的原则不变，安人的措施必须随时空而调整。安人就是要把部分“合”起来，“合”成一个整体，而且促成“整体大于部分和”的成功。透过“己安”和“人安”，来合成“人安己安”的和谐。安人的历程，便是“有开心的交心，结交新人而共同关心，然后产生同心”的一连串“心”的变化，所以对中国人来说，管理是“心连心”的过程，而安人则是“心连心”的结果，应无疑义。因此不管什么时候安人都要从实际出发，做切实可行的事情才是最重要的。刘备的决策没有能够和徐庶、徐母连心，所以才失去了徐庶这员大将。

刘备携民渡江：以人为本才能成大事

长期以来很多人都说中国人很被动，其实不然。中国人很喜欢主动，只有不会领导的人才会把所有的人都领导成被动的，而且使自己非常辛苦；会领导的人不仅能让大家都变得自动自发，而且自己也会因为无为而轻松愉快。刘备正是抓住了这个重要规律。

诸葛亮建议，曹操大军当前，樊城守不住，不如去襄阳暂住，再作打算。刘备说百姓相随已久，实在不忍心弃他们而去。诸葛亮表示不妨公告：愿意留下来的，自便；想要一起走的，同去。想不到百姓的反应竟然是宁愿死，也要追随刘备。扶老携幼，哭声不断。刘备在船上，看见这种悲惨的景象，大为悲伤。为了他一人，使百姓遭此大难，活着又有什么意思？他想要投江而死，幸好左右及时阻止。大家听到这个消息，更是痛哭不止。

刘备投江的动机究竟如何，唯有他自己知道。我们无法，也不应该加以猜测。因为说来说去，都找不到证据，岂不等于白说？刘备来到襄阳，刘琮不敢见他。蔡瑁令军士乱箭射下，魏延大骂蔡瑁卖主，砍死守门将士，大开城门，欢迎刘备入城。文聘飞马引军而出，大喝魏延造乱。刘备说他本来想保护百姓，现在两下军兵自己打自己，反而害民，决定不入襄阳，改走江陵。众将建议暂弃百姓，先行为上。刘备哭着说：举大事者必以人为本。今人归我，奈何弃之？这样一路看来，刘备应该是真心爱民才对。由此可见，他和曹操相比较更显得仁义。

领导力箴言

曹操靠天时，孙权靠地利，刘备靠民心。中国的管理思想，以儒家为主流。而孔子论道，大抵以仁为主，仁就是爱。员工的人性，要以关怀、关心、珍惜、真情、爱心来组织和感化，而这些都应该合理，不可以过分，以免造成滥情的恶果。

“仁”引申为安人之道，只有爱心的管理，人才能安。管理的一切措施，均以“安人”为衡量标准，能安才做，不能安便不要做。管理的目的就是要安人，只要人不安，其他的其实都不太管用。使员工由不安而安，是领导者最主要的责任。因此，安人之道是管理成败的先决条件。每一个人，只有合理地将心比心，设身处地，遵循“己所不欲，勿施于人”的道理，才能产生合理的规范、制度。

管理合理化，要从管理人性化而来，人人都能安，才是真正的合理。事实上，管理是离不开人情的。空喊制度而未能合理，即是“恶法”。标榜合理却不能为同人力挺，便是未得人心，大概有违人情。所以如何“安人”，才是管理的最终目标。“安”就是“大家好”，领导者以“大家好”的“公心”来感应员工，员工有了“大家好”的意识，才能有好心情，对于一切“理”“法”，自然接纳。管理人性化，其实就是合乎人“情”的管理。

人性化与合理化是制度化顺利有效的基础，领导者不重视人性化而追求制度化，乃是“舍本逐末”。孔子说：“克己复礼为仁。”领导者“克己”（去私）“复礼”（循理），便是返显“仁心”。具有“仁心”的领导者，在创立、修订与执行制度时，员工才会信服。

赵云一生的启示：老实人不会永远吃亏

赵云只有忠心而没有私心，智勇兼备。可能是他几番敢于直言，伤了刘备的面子，才受到不公平的待遇。对赵云承受的不公平待遇，很多人都认为是他跟刘备的关系不够导致的，这固然无可厚非，却也有些人觉得愤愤不平，为他抱屈。老实人不吃亏，我们应该有信心才对。

赵云字子龙，常山人。黄巾之乱时聚集乡里勇士，协助当地的军阀公孙瓒。刘备和公孙瓒都是名师卢植的弟子，徐州牧陶谦商请刘备救援时，公孙瓒借给他两千马步兵，刘备指名借了赵子龙一起出征。

陶谦让徐州，刘备坚持不受。留驻小沛时，赵云因兄长亡故，请假回乡奔丧。刘备和他执手告别，流泪不舍。赵云十分感动，向刘备保证一定回来追随他。

刘、关、张三人失散，在古城会合。赵云也来相投，说公孙瓒不听人言，以致兵败自焚。袁绍屡次相招，赵云看他也不是会用人的人，所以并未前往。从此终生相随刘备，功劳不在关、张之下。新野兵败，赵云单骑救阿斗，孙夫人要带阿斗回江东，也是赵云截江救主。他对刘家的贡献，实在很大。攻打汉中时，他与黄忠的表现，令刘备赞叹说：子龙一身都是胆也！刘备死后，更追随诸葛亮北伐，全师而退，没有丝毫损失。但是，他所获得的奖赏，远不如关羽和张飞。刘备称帝时，封张飞为西乡侯、黄忠为关内侯。赵云一直到死后，才由刘禅追谥为顺平侯。这当中的差距，实在令人难以想象。

当然，以刘、关、张的关系，加上关羽和张飞的脾气，使刘备不敢重赏和加封赵云，也是主要的原因。

赵云的一生，至少带给我们三大启示，分述如下：

第一，上天疼爱老实人，老实人最后一定不会吃亏。

我们常觉得老实人吃亏，赵云是一个特别显著的案例。大家都知道他好，却由于他老实而对他不公平，这样合理吗？其实，从隐秩序的角度来看，是合理的。因为不吃亏，或不愿意吃亏，怎么能够证明是老实人呢？赵云的高明，在于善择明主。但是，刘备有了关羽、张飞，他如果不老实，不能委曲求全，哪里容得下他？生前不封侯，死后追谥，对后世的影响又有什么不同？上天经过严苛的考验，确定其为老实必然给予公平的待遇。我们要看长远一些才好。

第二，老实人也要学习沟通技巧，不能过分直言。

赵云的直言性格，对他十分不利。诸葛亮先安排他和刘备一起过江，成亲后刘备把荆州忘得一干净，不想回家。赵云一番直言，刘备心中着实不痛快。刘备入川，孙夫人在荆州，刘备把赵云留下来，便是看准他能够直言对付孙夫人。老实人吃亏，看起来自己也有相当责任。多学习一些沟通技巧，应该可以少吃一点亏。过分直言，对方看上去，便是你心中不敬，必须避免。

第三，公道自在人心，后世会给老实人高度的评价。

后世的人，读历史，看演义，对各种人物，自然有所评价。对于赵云，几乎都是异口同声加以称赞。看到曹操接受徐庶的建议，要生擒赵云，因而下令军中不得乱放箭，才使赵云顺利逃脱，觉得大快人心。对徐庶的人在曹营心在汉，同样钦敬。尽管在当时，赵云并没有得到很大的利益和好处，后世的人对他都是十分钦佩的，对他的高度评价流传了千百年。

领导力箴言

说得通俗一点，守本分就是搞清楚什么该做、什么不该做。

一个人很热心好不好？好！“就是多管闲事！这么热心干吗？”可是一个人不热心又要挨骂了：“只顾自己，本位主义。”做人真的很难：你去帮别人忙就是多管闲事，不帮别人忙就是你不乐于助人。

一个人本分顾到了，之后就什么都不管，对不对？也不对！作为一个中国人，千万记住：把本职工作做完，还要热心帮助别人，这才叫作本分。把事情做完，其他事不管了，那不可以；本分没有做好，就拼命去帮助别人，也不对。一个人只要该做的事情没有做，就没有权力去帮助别人。如果那样做，就是你想讨好、想邀功，就是你有不良企图。

所以，我们慢慢可以感觉到，人只要一动，就会有人议论，甚至是非议。有人会想，这个人不做自己的本职工作，专门去帮助别人，肯定有什么不良企图，要不然怎么会这样？另外一种情况是，这个人只顾自己，对别人的事情漠不关心。

因此，自己的职责是不是确实完成好了，也需要有所判断。

而且守本分，做自己的本职工作，你可以大胆地守，大胆地做。而帮助别人要很谨慎。这个度一定要把握得很好。

没有人敢帮采购员买东西。“哎呀，今天采购不在，我来代理吧。”你真的这样做了，所有的人都会怀疑你：想拿回扣了。

另外，如果有人提议：“我们公司去青岛旅游好不好？”如果你马上赞成："很好，很好，我表姐在旅行社。"所有人都会怀疑你：又想捞一笔。如果你表姐是在旅行社工作的，你不主动讲，大家找到你，你要说："这种事情找别人，不要找我表姐。"大家一定要找她，你只好勉为其难，叫她来做。这样，就不会有人怀疑你。

所以，"瓜田李下"很重要。太热心的人总是被人家怀疑是有道理的。如果你采取推、拖、拉的办法，推到最后，大家都会认为这样做没有问题，自己人好商量。任何事情一定要做到人家没话讲，你就成功了。

第三节　掌控情绪，沉稳包容成大事

忍耐力是一个领导者所必须具备的基本素质。作为一个领导者，不但要胸怀宽广，具备宽广的容忍胸怀，还要拥有承受屈辱，保持理性的大局观念。因为在这个决策的位置上，如果不能忍一时的气愤，终将造成莫大的失败，所以作为领导者无论如何都要把持住这份稳重。

刘备征东：领导不可意气用事

化悲愤为力量的意思，是把悲愤的情绪，转化成为正义的力量。荆州原本是刘表的地盘，曹操大举南下，造成赤壁之战，刘备才有机会占据荆州的一部分。如果早在刘表去世时，刘备便以堂叔的身份，辅助刘表的大儿子刘琦，仍然表奏刘琦为荆州牧，就不会产生“借”荆州这种悬案，就会少了许多无谓的争执。后来刘备自领益州牧，也应该居于孙刘联盟的君子协定，把荆州的一部分归还给孙权。孙刘就会继续保持友好关系，也不致产生东吴偷袭关羽的悲剧。东西两路北伐的计划，说不定就会顺利完成。刘备那时候再和孙权好好商量，说不定形势好一些，就能够整合孙权的力量，共同匡复汉室，达成原先的理想。

现在时过境迁，既然最不想看见的事情已经发生，再来想这些事情，也没有实质意义。刘备身负重大使命，在关键时刻，理应保持高度的冷静，聆听各方面的不同意见，以寻求当前最为合理的决策。即使张飞咆哮公堂，相当情绪化，也应该以领导者和大哥双重身份，晓以大义，要张飞冷静下来，这说不定可以救张飞一命。在这种情况下，不论先北伐或先东征，由于具有充分的共识，大家精诚团结，万众一心，必然有更大的把握，争取到最后的胜利。可惜刘备凭一时的意气，连诸葛亮、赵云的真心话都听不进去。但是刘备并没有悔意，这足以证明他的坚决——先东征再北伐，意志坚定。

领导力箴言

在领导力中，情绪管理听起来好像很复杂，好像无从琢磨，其实不然，情绪管理只有一条规则而已。即当人观念正确的时候，人的情绪就很稳定；人被很多不正确的观念影响，结果就会导致自己的情绪不稳定。比如说情绪是谁来主管？有的人会说是别人让自己生气，梦幻使自己痛苦，事情使自己伤脑筋，唯独不说自己是自己的主人这个责任。

只要把观念搞清楚，有很多事情就化解掉了。比如说员工到公司里去上班，发现他的领导对同事很好，但是对他不好，这时候他会表现得很不服气，表现得很委屈，甚至开始闹事。结果，领导越来越不理他，因为他这样的行为就证明了领导的观点是对的。他如果调整一下观念，觉得领导是在暗示自己有些事情做错了，或者没有做得更好，那他会自己调整一下，这时，领导对他的看法就会改变了，就不会给他脸色看了。

正所谓凡事适可而止，中国人不喜欢当面骂人，但是会给别人脸色看。给脸色看和摆架子是完全不一样的，摆架子叫“臭架子”，给别人脸色看是尊重别人的意思。攻击不能排泄情绪，摔东西不能解决问题，但是有这种意识以后，人会动不动就摔东西，控制不了自己。人比较容易控制有意识的部分，而很难控制潜意识的部分。但是潜意识的部分，其实比有意识的部分要多得多，和冰山一样，冰山能看到的只是上面的一小部分，大部分都隐藏在水面以下。

张飞命丧随从手：领导应懂得包容与忍让

张飞字翼德，是刘备同乡，和关羽三人都具有义侠的个性，所以结成密友。但是三人的对人态度，则有很大的差异。刘备年纪稍长，修养的功夫比较深厚，平日少说话，多关怀下人，加上喜怒不形于色，颇有人缘。关羽傲上不傲下，干部与知识分子大多敬而远之，所以他得不到他们的真诚合作。张飞敬爱君子，却不懂得体恤下人，动辄对部属施以鞭刑，并且缺乏防备的警觉性。三人各有长处，当然也各有所短。

关羽阵亡，使刘备大为忧伤，一方面是誓必报仇，一方面则是荆州十分重要，不赶紧夺回来不行。于是就帝位之后，立即不顾一切劝阻下令起兵伐吴。张飞听说有人主张先灭魏再伐吴，马上奔回成都，要求伐吴以雪大恨。刘备怕他出事，一再叮咛他情绪要稳定，不能鞭打部下，并严厉警告张飞：此取祸之道也，足见兄弟情深。刘备对张飞的了解，令人佩服。张飞回营后，下令军中，限三日内置办白旗白甲，三军戴孝伐吴。范强和张达以限期将届而准备不及，唯恐被责罚，趁机以短刀刺杀张飞，当夜割了张飞首级，向东吴投降。

一般人想起张飞，对于他那豹头环眼、黑脸络腮、暴躁无常的鲁莽样子，相信印象都十分深刻。尤其是酒醉之后，喜欢毒打士兵，更令大家常为他捏一把冷汗。

张飞如果听刘备的警告，不搞什么素服，很可能在东征时助刘备一臂之力，统一天下的远大目标，说不定还有完成的一天。可惜他缺乏包容的修养，部属有错，不能够原谅，往往在盛怒之下，对部属毫不客气。就算张飞处罚得有理，部属大多也不能服气。恐惧大于尊敬，难免怀恨在心，而想要伺机报复。张飞这种习惯，已经闯祸多次，每次都幸运过关，这次却没有逃脱。上级和下属的关系，最好要像刘备那样，做到面面俱到，自然容易产生良好的团队精神。关羽敬重贤能，但傲气太重，以致看得上的人不多，因而得罪许多人。一个人可以有傲骨，不吃嗟来之食，有骨气，有气魄，但是不要有傲气，因为骄者必败，几乎没有例外。张飞不把部属放在眼里，心中存有谅你不敢对我怎样的不屑，这是部属最难以忍受的。他最后栽在自己部属手中，实在不值得。

领导力箴言

张飞的错误就在于不能宽容部属。为了鼓励大家敢于多做，领导者必须具有容许员工无心犯错的雅量。一做错就要重罚，谁敢多做？

员工不可能不犯错，只要是无心的，不是故意的，领导就不必责骂他，反而要安慰他，让他把痛苦的经历说出来，使其他人同样得到教训。初犯不罚，才可以鼓励大家敢做、多做。所以只要不违法、不舞弊，尽量从宽解释为无心的过失，不予责罚，使员工安心去做，就算犯错，也会予以合理的原谅。

领导者最好承认“人非圣贤，孰能无过”的事实。即使自己身为领导，十分谨慎，有时候也难免犯错，何况员工在技能、经验等方面都尚待充实和磨炼，哪里能够苛求他不犯错误？平日固然要勤教员工，把自己的实际经验和员工分享，更应该遵纪守法，以身作则。

大部分员工不喜欢领导的原因，在于“只注重工作而不关心员工”，好像员工是机器而不是人似的，令人觉得受利用而不受尊重，这是十分令人痛心的事情。

领导的职责，是保证目标达成，把工作做好，因而注重工作的进度和品质是理所当然的事。但是，员工的心理反应，也值得领导重视。因为领导不关心、不珍惜员工，便不可能获得员工的向心和信心，也就不可能成为圆通的领导。控制得住员工的人，却掌握不住员工的心，总有一天，领导会尝到众叛亲离的悲苦滋味。

张飞的经历，让我们总结出一套经验教训。珍惜员工，必须兼顾并重以下六个方面，才能够逐渐增强员工的向心，坚定他们的同心。

第一，给予合理的关怀和必要的照顾。让员工明白领导并非不通情达理的剥削者。员工如果有什么要求，不妨向领导表明，大家好商量。

第二，尽量明确地说明职务和责任的范围，使员工知所着力，在分内先好好表现，再谈替领导分忧分劳。

第三，尽量明确表明对员工的期望，把要求的内容、规格和时限说清楚，使员工知所遵循而自我要求。

第四，力求事前、事中、事后都能够圆满沟通，使员工愈来愈了解领导的意旨和用意，以便进一步密切配合。

第五，公正对待员工，力求合理的不公平，而不是不合理的不公平。员工有本事就来拿报酬，拿不到只能怪自己。

第六，言必有信，做得到的才承诺，做不到的要及时说明，以免被员工视为应付了事。需要一段时间以后才做得到的事，也要提出时间表，让员工有信心。

司马懿高于周瑜：领导要向对手学习

周瑜究竟是不是被诸葛亮气死的，我们实在不必加以追究。但是，司马懿情绪管理的功夫，比周瑜要高明得多。周瑜心中，抱持“既生瑜，何生亮”的怨恨，果然不幸而“心想事成”，终于怀恨而死。司马懿一句“诸葛亮真神人也”，表示了“吾不如”的自谦。言为心声，同样能够心想事成，司马懿顶着敬贤的光环，而心安理得。

倘若当初诸葛亮过江，舌战群儒之后，周瑜能够接受鲁肃的建议，抱持共同努力、齐心奋斗的心情，促使孙权和刘备精诚合作，联合抗曹。我们对周瑜的观感，必然大为改变，认为他比司马懿还要高明。因为在那种孙权势力远大于刘备的时刻，能够有这种胸襟和肚量，当然更为难能可贵。周瑜一生的结局，也不致那样悲惨。他年纪轻轻，便怨叹：“每争必高我一筹，天意乎？人力乎？”紧紧抓住小乔的手，伤心而亡。

司马懿和周瑜一样，在数度较量之下，诸葛亮好像都技高一筹。但是，他所采取的应对策略，远比周瑜高明。我们可以说周瑜逆着走，而司马懿则是顺着来。是不是由于周瑜的前车之鉴，司马懿才发挥逆向思考能力，我们不得而知。至少司马懿遭受诸葛亮散播的流言，而削职回乡，到头来对司马懿都有利无害。可见凡事把它当成好事看，它就是好事；把它当作坏事看，它便成为坏事。同样一位诸葛亮，周瑜把他当作敌人，结果被活活气死。司马懿把他看作高人，从他身上学得很多东西，使自己更安全，事业更持久！

领导力箴言

我们都是一边学习，一边长大。所以在人生过程中，我们都积累了很多使情绪稳定的方法，每个人都有，但是各有不同。常见的方法是什么？就是弄个沙包，然后把自己的怒气都发泄出去，其实这种方法在日本是很多见的。日本有些公司有一个小房间，里面有稻草人，上面写着领导的名字，员工打出来情绪就会比较好一点。可是中国如果设这样一个小房间，谁敢进去？你明明进去整理房间都会被人家误会说你进去发泄了。日本公司就可以这么做，因为员工进这样的小房间之后，大家认为这是合理的，没有什么不对。弄一个目标，让自己把愤怒和情绪全部发泄出来，这是一种方法。

还有写信，这也是很常用的方法。当你很生某人的气，气得晚上睡不着觉的时候，就拿一张纸开始写，某某是世界上最大的混蛋，写一大堆，凡是你想到的统统写下来。但不要马上传真给他，也不要马上寄给他，写完了，放在那里。第二天早上起来，你就会觉得很可笑了，这有什么稀奇，没有什么稀奇。记住，人在气头上，人在高度激昂的情绪之下是相当不理性的。往往时过境迁，你会觉得那不算什么，没什么了不起。所以有时候我们写一封骂人的信，但是过后会把它烧掉，把它撕掉，这也是一种方法。

还有一种方法不一定对，就是当领导告诉你要做什么你做不到，或者你根本就不能接受的时候，就借故溜一溜跑一跑让他找不到你。他就知道你有意见，然后他问你有意见没有。你说没有，他会自己改变，这是非常有效的。

在家里也是一样，如果夫妻吵架，你就出去散散步，然后再回来。当情绪稳定，其实很多天大的事情你都会觉得不算什么；但是在气头上，小事都会变大事。所以很多夫妻要注意养成习惯，当你的另一半声音很高的时候，你不要比他还高，你大声他更大声，那就不可收拾了。对方大声你就小声，对方再大声你又更小声,他就会小声下来。一定有这个效果。就好像你跑到人家家里去，一开始说有人在吗。他一定说，在这里，干吗。你说请问有人在家吗，他就会说有什么事。他会按照你的标准回应。因为这是刺激跟反应的一种频率问题。

或者你出去看到有什么不对的地方，找个出气筒也是可以的。还有人去玩那种弹珠，也是一种发泄的办法。

一个人一定能找到一种消气的方法，但是这也没有太大的用处，因为这些方法都是治标的，短暂的时间内你会消一消气，后来越想越气，还是不能解决问题。同一种方法用久了也没有用，第一次写信的时候你会认为是真的，但第二次会自己笑自己，写半天还不如干脆打电话去骂好了。所以这种治标的方法，各位少用为妙，因为都没有摸到问题的核心所在。可以说是徒劳无功，就好像你睡不着别人告诉你要数绵羊，然后你越数精神越抖擞，数到一千之后都还没有睡，你不会很气吗？因此，要找到一种能从根本上解决问题的方法。

你对事物的观点你是可以控制的，情绪是可以左右的，把自己的心态调整好，你就能够很有效地稳定你的情绪。治本跟治标其实可以同时并进，因为一开始要做到治本很难，需要一段时间。比如说人都有一个对未来的期待。你今天跟谁见面，你期待他是容光焕发的，他是很欢迎你的，他是不用你开口，会主动照顾你的。但是你看情况不是这样的时候，第一你会很失望，第二你会很愤怒，第三你会觉得自己运气很不好，整个情绪就不好了。相反你调整一下，对自己说，幸好自己这个时候来，才知道原来他跟以前不一样。你如果不来可能不了解他，你想帮他忙也无从帮起，那要你这个朋友干什么？你来得及时，你应该把自己的期待放在一边，应该看看他有什么需要你帮忙照顾的。

我们是没有办法改变外界的，但是我们对自己，是完全可以控制的。如果你连自己怎么想都控制不了，那你对其他根本更不用谈。你要这杯水的温度符合你的需要很难，因为它随时都在变化，它有时候冷得很快，有时候冷得很慢。因为天气的关系，你对它不要有期待，能喝你就多喝一点，不能喝你就等等再喝，你不会受到影响。

当我们把情绪寄托在一个没有办法掌握，没有办法控制的基础之上的时候，我们是无法管理情绪的。因为一切都是别人在操控，一切都是外来的干扰。也许我们管不了别人，但是我们却管得了自己，从某种角度来说，情绪管理比筹划能力更重要，只有管理好自己的情绪，才能赢得最终的胜利。

第五章

Chapter 5

领导要审时度势选择接班人

第一节　立于不败，传承非小事

个人事业做得再好也免不了生老病死，要想将自己的第二生命延续，就必须找到可以担当的接班人。同样，一个企业也是如此，凡是不怨不尤，以事先避免事后可能带来的后悔作为警惕的要点，用来趋吉避凶，是非常值得每一位领导者学习应用的。

袁术集团覆灭：企业必须要有接班人

玉玺素来被视为传国的宝物。秦始皇时，才雕琢成玺。玉玺上面的几个大字，出自李斯手笔。秦亡，子婴把玉玺献给汉高祖。十常侍作乱，劫少帝外出。回宫时丢失玉玺，玉玺归孙坚所有。孙策把它典当给袁术，袁术嘴巴上说我不是要你的玉玺，实际上心中大喜，认为自己有当皇帝的命。他在淮南，自认为地广粮多，有了孙策典质的玉玺，就想应天顺人，自立为皇帝。于是统领大军二十余万，分成七路，要攻取中原。不料被关羽大杀一阵，败回淮南。曹操乘机来攻，袁术大惊，赶忙渡过淮河，从此毫无起色。后来被刘备追杀，气得吐血斗余而死。玉玺被夺，送往许都献给曹操。一场空欢喜，没经过多久，便烟消云散了。

有些东西，对极少数人来说是宝贝，对大多数人来说，根本就是祸害。袁术出身世家，四世三公，若是好好经营，本来可以称霸一方。孙策用玉玺来借兵时，袁术就有心从此不再归还。他看到孙策扫平江南，上表申奏朝廷，一面结交曹操，一面向自己索回玉玺的不同情势，也应该提高警觉，及时调整自己的策略，把玉玺归还孙策。这样就使曹操出兵打孙策，并促使孙策把玉玺再还给献帝。如果曹操据为己有，必成天下公敌。或者干脆将玉玺还给献帝，看看孙策怎样反应。也可以如约还给孙策，和他结成亲家，联合在一起，共拒曹操。可惜袁术和袁绍，终究外表体面、脑袋空空，想不出好计策来。

领导力箴言

袁术只看到玉玺却没有看到人才的重要。从某种程度上来说，能否选择和培养好接班人直接关乎事业的成败。现在的有些年轻人对立业感兴趣，而对成家不太感兴趣，就是因为很多人小的时候没有体会到家庭的温暖。这样，人生两大事，只完成一半，有一半还是落空的。大学之道，有“修身、齐家、治国、平天下”，虽没有“立业”，难道立业不重要么？其实，成家立业是过程，不是目的，成家立业的目的是修身、齐家、治国、平天下。如果我们在工作中不能修身，这个工作是毫无意义的，也是没有价值的。把小家庭治理好，也可以体会治理国家的道理。

中国人具有浓厚的家庭观念，家人团结友爱，互相帮助。这种亲密的关系，甚至延伸到活人与死人之间：有些活人凭借自己的余荫，依赖祖先的功德立足于社会；某些死人则由于在世子孙的功业而扬名，借着他们所建立的事业来流芳百世。

全世界的人都追求永生，因为人的生命是有限的，人过留名、雁过留声，谁都不愿意在活了短短几十年后，就被人们淡忘，总想留下一些什么东西。西方人追求永生，走的是神本位的路子，“信我者，得永生”。中国人走人本位的路子，你只要活在大家的心中，你就永生。中国人最高明的是想办法活在大家心中。为什么中国人重视心连心？就是想永生。只要大家都记得你，你虽死犹生。

有时候企业好比是一家人，家人之间应有成全的理念。成全就是你一个人做不到的话，我们几个人把自己的力量都加在你身上。你有什么成就，再回过头来照顾我们。家庭成员众多，哪个比较合适读书，就让他去读书；哪个比较适合学手艺，就让他去学手艺；哪个比较适合种田，就让他去种田。全家人都读书，又没有一个人读得好，倒不如让会读书的代表全家人去读，全家人成全他。所以有的人一成名，就要回馈兄弟姐妹。

成家立业，原本是人生两件大事。成家包括结婚和生育子女，立业指的是为人父母必须努力使家人的生活有保障。子女是成家立业的原动力；子女既是父母的骨肉，又是家庭的生力军，也是国家未来的主人。因为一个人不可能把自己想做的事情都做完，总希望有人继承。有子女，就有希望，因为子女会把我们的理想继续下去。由此看来，不论是一个企业，还是一个家庭，都必然要有一个传承事业的接班人，什么时候这都是最重要的事情。

袁绍三子相争：不确定接班人是企业传承大患

袁绍有三个儿子：长子袁谭，字显思，出守青州；次子袁熙，字显奕，出守幽州；三子袁尚，字显甫，留在身边。袁绍死时，谋士审配、逢纪立袁尚为大司马大将军，领冀、青、幽、并四州牧。袁谭不服，引兵攻打袁尚。二人亲自交锋，袁谭大败，派人向曹操投降，曹操大喜，假意以女许婚，并自领冀州牧。袁谭打败袁尚后，要讨回冀州。曹操大怒，写信解除婚约，并且发兵追击袁谭，不准袁谭再度求降，不久斩袁谭于阵中。袁尚和袁熙，星夜奔往辽东，郭嘉向曹操进言，不必加兵，辽东必杀二袁，提头来献。果然不出所料，辽东太守公孙康，因袁绍常有并吞辽东之心，怀疑二袁来此相投，终将鸠夺鹊巢。待二袁来时，先埋伏刀斧手，于席间砍下两人的首级，用木匣装好，派人送到易州，来见曹操。

没有家产的人，立不立继承人，根本无所谓，反正没有东西可以争，大家并不在乎由谁来继承。家产丰厚时，最好生前就定下继承人，预防后患。由三子平分，势力必然单薄，降低竞争力。所以旧制大多传给长子，以确保原有的势力。袁绍坐拥冀、青、幽、并四州，可谓庞大。三子是不同母亲所生，难免增加冲突的可能性。袁尚是后妻刘氏所生，形貌俊伟，甚为袁绍喜爱，所以留在身边。刘氏常催袁绍立袁尚为继承人，却因废长立幼与礼制不符，经常成为乱源，因此犹疑未决，一再拖延。袁绍临终，刘氏逼迫袁绍立袁尚为嗣，这才引起兄弟相残、同归于尽的惨剧。慎选接班人，顺利交接，都是领导人生前应该办妥的大事，千万不能大意。

领导力箴言

我们说接班人一定要在无形中培养。为什么加上“无形”二字？因为太多的事实证明，只要领导有意栽培哪个人，哪个人就会被“害死”。你可以试试，只要你公开宣布，现在要培养某人当接班人，那个人在三年之内未必当得了你的接班人。在培养接班人方面，千万别迷信所谓的法定程序，那有时是行不通的。

培养接班人不但要暗地里培养，还不能只培养一个人。一个领导真的要培养干部，就要让他轮调，让他从事过所有的业务，才知道他合适不合适。凡是直线升上来的，没有一个有好结果的。因为他的能力不够，眼界太窄，专业有限。只有那些调来调去、久经历练的人才能胜任。

但轮调是一个理想，实际却行不通。因为中国人有一个错误的观念，就是说当一个人做不好才会被调走。这个观念必须改正过来，做对做错都要调，而且是不定时地调走。定时调动是最糟糕的，如果说两年一调动，那么被调动的人的表现会是第一年不错，第二年不做。也就是说，第一年他会推卸责任：“我是刚来的，要了解一下，我不敢乱动。”他说的很对，因为他还有一年就结束任期了，做到一半岂不是连累别人？第二年时他什么都不做，只是等待被调走。这样，他什么也没做，什么也没学会。

所以领导要营造这样一种氛围：做对、做错、做好、做坏都和别人没关系，公司需要你，就调你，这是一种荣誉。此外，没有固定任期，因为公司不知道什么时候需要什么样的人，这样轮调才会有效，轮调之前要有一个预备期，就是让被调动的人适应一段时间再把他调过去；还要有酝酿期，看看大家的反应如何，有不同意见可以沟通，让大家心平气和，这时再调过去。

从袁绍没有在生前培养好接班人，最终酿成子嗣相残，没有能才可担大事的历史悲剧中，我们可以看出，慎选接班人，顺利交接，都是领导人生前应该办妥的大事，千万不能大意。

诸葛亮收姜维：领导要放手培养接班人

祁山在现在甘肃礼县东、西汉水北侧，位于诸葛亮北伐的主要进军路线上，山上有十分坚固的城池，为兵家必争之地。诸葛亮对魏延一开始就没有好感，要不是刘备劝阻，早就砍了他的头。后来刘备一再提拔魏延，并让他随同入川。魏延东征时已封为镇北将军，甚得刘备信任。这次追随诸葛亮北伐，他向诸葛亮建议取道子午谷，攀援秦岭，然后直扑长安。诸葛亮却认为这并非万全之计，不予采纳。魏延怏怏不乐，幸亏赵云以半百高龄，连斩曹军五将。关兴、张苞建有奇功，魏延趁机骗取安定城。蜀军士气大振，打算攻取天水。

中郎将姜维向天水太守马遵献策，起兵出城，只留文官守城，待赵云来攻打时，才内外夹攻。此计果然奏效，赵云首尾不能相顾，只好冲开一条路，引败兵奔走。姜维赶来，幸好张翼、高翔赶来救援，赵云才得以逃回大寨，向诸葛亮说中了敌人之计。又说姜维年纪轻轻，功夫了得。当地人告诉诸葛亮：姜维字伯约，天水人，事母至孝，文武双全、智勇兼备，真当世之英杰也。

于是诸葛亮自为前部，向天水出发，亲眼看到姜维调度兵马，也叹为将才。吩咐魏延引军虚张声势，诈取姜母所在的冀县，如姜维到来，即放他入城。曹军大将夏侯楙是驸马，被王平生擒，诸葛亮命他招安姜维，并且说姜维现在冀县探望母亲，已经派人来说：但得驸马在，我愿来降！夏侯楙懦弱无谋，表示愿意配合。诸葛亮给了他衣服鞍马，不令人跟随，放之自去。夏侯楙逃离途中，见数人奔走。问之，答曰“姜维献了城池，归降孔明。蜀将魏延纵火劫财，因此弃家逃走”。不久又见百姓携儿扶老而来，所说皆同。夏侯楙信以为真，到天水城下叫门。城上兵士认得是驸马，慌忙开门迎接入内。夏侯楙与太守细说姜维之事，大家都认为姜维已经投降。

当夜蜀兵来攻，火光中可见姜维在城下挺枪勒马，大叫：“请夏侯都督答话！”夏侯楙及马遵到了城上，姜维大叫：“我为都督而降，都督何背前言？”夏侯楙惊问什么前言。姜维回答：“汝写书信教我降蜀，怎么现在却不承认。我今降蜀，加封为上将，哪里有回魏的道理？”原来城下的姜维，是诸葛亮找形貌相似的兵士伪装的，在火光中不容易辨识，这才以假乱真。

真的姜维夺得蜀军粮草，正要入城，被张翼和王平两下夹攻。姜维杀出一条生路，来到天水城门。太守令士兵乱箭射下，姜维飞奔封城，又是一阵乱箭射来。两地皆说他是反国之贼，既已降蜀，又来干什么。姜维不能辩解，仰天长叹，两眼泪流，拨马望长安而走。途中被关兴截住去路，诸葛亮乘车由山坡中转出，问他此时为什么还不投降。姜维想了许久，前有诸葛亮，后有关兴，根本没有退路，只好投降。诸葛亮慌忙下车而迎，执着姜维的手说："吾自出茅庐以来，遍求贤者，欲传授平生之学，恨未得其人。今天遇到你，吾愿足矣！"

少年慎择师，老年慎择徒。诸葛亮说的是真心话。姜维大喜拜谢，共商取天水、上邽的计策。于是天水、上邽、冀城三地悉归蜀汉。远近州郡，也都望风归降。诸葛亮整顿军马，尽提汉中之兵，前出祁山。这一次北伐，获得姜维这一员大将，确实是最大的收获。诸葛亮自知年纪逐渐老大，急需培养接班人，得到姜维，当然是"吾愿足矣"。

领导力箴言

一个人到底是圣贤还是凡人，关键在一个字——"无"，"无"的程度高，他就是圣贤；"无"的程度低，他就是凡人。就像出门不带钱的人才是有钱人一样，一辈子老在"有"这个层次打转的人，其实很可怜，就是我们所讲的"想不开"。非要抓住权力不放的领导，身心疲惫，你要权力干什么？你认为"有"就有，你认为"没有"就没有？员工尊重你，你没有也等于"有"，员工不尊重你，你"有"还是等于没有。其实"有"和"没有"，是如影随形的，是永远并存的，不可能割裂的。

一个领导在创业初期，确实应该亲力亲为，带领大家一起奋斗。但当企业走上正轨后，领导就要逐渐放手，将权力移交给员工。这就像教小孩走路一样，当一个小孩蹒跚学步时，你扶着他，他才敢走路；如果你一开始就撒手不管，小孩就会摔跤，以后他就不敢走。等他渐渐走得稳了，就要放开手，让他自己去尝试，如果此时你还不放心，还要扶着他，那他一辈子都不会走。

管理员工也是同样的道理。一开始，领导要带着员工，教会他们怎样做，否则是不负责任，领导的责任是保证员工能够完成工作。员工成长到什么程度，你就放手到什么程度，这个“度”要自己去拿捏。

“无”不是什么都不做，而是做到合理的地步。很多领导都是从“有”开始的，所以舍不得放权，或担心员工做不好，这样一生占有权力会很辛苦。刚开始，领导要样样做给员工看，因为你有经验，知道该如何做。等你把所会的知识都传授给员工后，就要逐渐放手，让他们自己去尝试，而你得抓紧时间充实自己。员工成长了，你也得成长。当你的员工不太相信你，或者他们给你提出很多意见，或者你交代的事他们推三阻四，甚至玩点花样，你就应该明白问题出在你身上，要从自身找原因。老是责怪别人的人是不可能成长的，而随时检讨的人，才会不断提高。

其实，人生就是从“有”到“无”的过程，人一生下来就开始“有”，到死亡以后就变成“无”。领导者要体会到这一点，从

“有”慢慢修炼到“无”。在“有”的时候，你会不断成长，越来越好；当你过了40岁之后，渐渐地腿没有力气、眼睛模糊、牙齿松动、头发掉落，就应该进入“无”的境界。如果这时候你还要继续奋斗的话，就会折损寿命。就像诸葛亮一样，他是智慧的化身，且一生勤勉。当了蜀国丞相后还凡事亲力亲为，就连处罚士兵这样的小事都要亲自过问，生怕别人处理得不公正，结果劳累过度，英年早逝，给蜀国带来了致命的打击。

领导应该做无形的工作。有形的、具体的工作，要交给基层员工去做。领导做的都是伤脑筋的工作，伤脑筋谁看得到？但是伤脑筋是有作用的，想想这个人为什么不高兴，怎么抚慰一下；想想那个人是不是太嚣张，怎么牵制一下。这些都是无形无迹的，写工作报告的话根本就写不出来。培养接班人是一个企业发展的正道，企业能否得以延续在此一举。

刘备白帝城托孤：大任要托付给有义气的人

年轻时，刘备常以家世特殊，身负重任，如不趁早图谋，将来必定后悔来激励、鞭策自己。在被汉献帝尊称为皇叔之后，他更加小心谨慎，唯恐稍有大意，即为曹操所杀。这才自动要求起兵到徐州迎战袁术，获得逃离曹操掌控的大好机会。

刘备奋斗了多年，虽然文有孙乾、糜竺、简雍，武有关羽、张飞、赵云，但还是一事无成。当他从水镜先生处得知，卧龙、凤雏两人得一，即可以安天下，才意识到再像以前一样拖下去，必然死不瞑目，所以才三顾茅庐，对诸葛亮如此谦卑。

诸葛亮下山相助，刘备言听计从，怕的是稍有违背，他就可能后悔。关羽遇害，张飞责备刘备当了汉中王，早忘了桃园结义的誓言，使得刘备不顾一切，要兴兵伐吴。张飞限期三军挂孝，逼得部将将他杀害。刘备明知联吴抗曹是一贯政策，也唯恐违背但愿同年同月同日死的誓言，为后人所耻笑，毅然不接受诸葛亮的劝阻，以及东吴特使诸葛瑾交还荆州、永结两国盟好的和解，以示复仇的决心。

刘备出师不利，加上哀伤过度，终于病倒在白帝城，自知不久于人世，速请诸葛亮、李严等大臣来永安宫，只怕迟了来不及交代后事，很可能会悔恨。

诸葛亮来了，刘备请他坐在床边，承认自己不听丞相的话才自取其败，为的是怕诸葛亮误会自己对他不信任，以后不方便处理事情。看见马谡在旁边，赶紧叫他暂且退下，暗示马谡言过其实，不可大用，为的是怕诸葛亮重用马谡，造成悔憾。最后坦诚向诸葛亮表示：阿斗可辅，就请辅助他；如果他太不像样，可以自立为成都王。害得诸葛亮汗流遍体，手足失措，接二连三地保证，要尽忠辅佐阿斗。

刘备这种举动，不可能是以退为进。如果是的话，大可以仿效当年刘表让荆州的故事，直接请诸葛亮为汉中王。当然，我们也可以说，这样直接的话，对诸葛亮的伤害太大，等于摆明不让诸葛亮这样做。

我们从刘备一生的表现，可以相信他这样说是出于一片真诚。如果说他是骗人的，我们有一句话，可以当作参考：骗一次算骗，一直骗下去，骗一辈子，就不算骗。刘备是真诚还是虚伪？我们从他不接受刘表的礼让，不忍心抛弃新野的百姓，不贪恋汉中王的既得利益而为弟报仇，应该可以相信他的真诚。

诸葛亮的退休计划，由于刘备的托孤而完全打消。以后阿斗的种种行为，诸葛亮都能够忍耐，和白帝城刘备说这一番话有十分密切的关系。刘备地下有知，也会含笑九泉吧！

领导力箴言

一个团队不管规模大小，基层员工才是团队的基础。作为团队领导者，你最看重自己的基层员工哪方面的素质？如果你仅仅觉得能力最重要，那你的团队是非常危险的。因为一个有能力而没有义气的团队是非常可怕的，“水能载舟，也能覆舟”，这个团队既可以帮你完成大业，也可以使你一无所有。

一个团队有没有生产力，有没有高效率，关键看成员之间有没有义气。义气就是让员工心甘情愿地跟你同坐一条船。如果员工认为，企业的兴衰是领导的事，和他们无关，不要勉强他们做额外的工作。这样企业就很危险，因为很多时候，如果不加班加点的话，企业就会有损失。在平时，领导要充分关心员工，建立一种情谊后，员工才会跟你讲义气，否则就是公事公办，根本不能解决问题。要想让员工对公司有义气，就要让他们感觉到你很关心他们，会设身处地地替他们着想，他们自然就会替公司设想。但是，只要求他们讲义气的话，那跟土匪强盗没什么区别，土匪强盗也是非常讲义气的，团队跟土匪强盗的区别在于守不守规矩。既要讲义气，又要守规矩，两者并不矛盾。

在中国式的团队中，义气是非常重要的，所谓义气，就是“路见不平，拔刀相助”。中国人原本有重义气的传统，只是后来越来越强调制度化，越来越受西方的权利、义务观念的约束，渐渐忽视了义气。现在企业强调制度化，但是制度之外还有很多可做之事。

制度只针对一般状况而制定，没有考虑到任何特殊情况，所以，身为领导者，必须要设身处地为员工着想，以弥补制度之不足。只有让他们感动，他们才会有义气。基层员工只要认为自己完全照章办事就是对的，这个团队就危险了。可惜我们现在已形成一种错误的观念，认为基层员工只要遵守规定就好了，千万别提什么意见与建议，所以我们的团队经不起考验。

在这里我们不得不承认，诸葛亮的确是一个很讲义气的员工。不论是才华和领导力都与刘备的儿子不在一个级别上，但听到刘备的话后他却表现得手足失措，接二连三地保证，要尽忠辅佐阿斗，其忠义之气也是很明显的。

刘备托孤启示：领导授权要选择合适的人

曹操当魏王时，左慈告诉他，不妨考虑请刘备当皇帝，自己则云游四海，或者到峨眉山修道。曹操对自己的处境十分了解，形势已经把自己逼得无路可走，只有硬着头皮，一条路走到人生的终点。因为他的仇人太多，都不会放过他，他一旦离开权力的核心，很可能立即被追杀。他儿子也心中有数，知道曹操在玩弄什么把戏，绝不肯中途罢手。那些依附在他身旁的文武大臣，更是不会把轿子放下来，才不管你想不想继续坐下去呢。他只好把左慈当妖怪，下令追捕斩杀，以免担负不听忠言的罪名。

现在轮到刘备自己，明知道刘禅的困境实在难以突破，还要勉强让他接任。封建秩序的僵化，从这里可以看得非常清楚。要诸葛亮继位，不等于要诸葛亮的命？很可能会逼得他当场撞死以表明他的忠心。我们不能够以现代的观点，来评鉴那个时代的价值观。不过在刘备那个时代，真的除了重重拜托诸葛亮好好辅佐刘禅之外，没有别的路走。刘禅能否继承大业，那是他的事。刘备既然立他为太子，便只好把这个难挑的大担子，不顾一切地交付给他了。

领导力箴言

领导在授权之前，一定要选用合适的人选，一个人的忠诚度不仅看不见，而且还会改变，一个人本来很忠诚，突然间就会变得不忠诚了。其实所有的奸臣都是从忠臣变过来的，如果一个人额头上刻着“奸臣”两个字，就没有变成奸臣的机会了。事情往往是他开始很忠诚，后来由于皇帝对他过于信任，最后他才慢慢变成奸臣。

一个人值不值得信赖，既不需要看相，也不需要算生辰八字，那都是不可靠的；只有一件事情可以肯定——信任来自考验。

在进行授权时，一定要提防被授权的人，防人之心不可无，这是必要的警觉性。

领导都是在不得已的情况下才授权的，因为他有很多顾虑，怕干部弄权，怕干部能力不够……所以领导在授权时，心里通常是七上八下的。而员工在受权的时候一定要有艺术，决不能喜形于色，也不能表现出非你莫属的样子。

第二节　找准对象，所托非人丧基业

继承人有时候担当重任时还很年轻，这就需要领导为这个新生力量找个助力，然而想找对助力谈何容易？找错了人，往往会所托非人丧基业。可见，为了让整个企业能够正常地发展延续下去，领导者必须坚定自己的立场，在自己在位的时候就考虑全局，将培养接班人、后事的嘱托和开始要进行的几个步骤一一认真落实。

刘表生前无遗嘱：及时改变观念企业才能传承

对刘备来说，荆州非常重要。刘表对刘备的信任和敬重，从放心托孤给他可以看得出来。在这种情况下，竟然弄得荆州落入曹操的手中，实在是令人遗憾！

刘备只顾虑个人的名誉，并不理会组织目标的达成，恐怕不是两全其美的态度。诸葛亮在涉及个人名誉的事情上，不方便过分坚持他的意见，这是深谙员工和领导者的相处之道，我们不能怪他。关羽和张飞，在这方面的素养都不够，帮不上忙。倒是局外人伊籍，有话可以直说，提供给刘备不少有用的信息。但是他的身份，原为荆州幕宾，也不便过分偏向刘备，只能够通风报信而已。

刘琦和刘琮对刘备都相当敬畏。刘琮在刘表逝世时，还向众人表示，如果投降曹操，兄长刘琦在江夏，叔父刘备在新野，要是联合起来兴兵问罪，要怎么办？实际上当时有很多人，并不赞成投降曹操，反而欢迎刘备此时明白表示态度，来接管荆州。诸葛亮所说的良机，便是指民意的归依。

刘备应该以叔父的身份，辅佐刘表的长子刘琦继任为荆州之主。相信这样的做法，便可以善尽抚孤的责任。这样，刘表临终时，也不致盼望见到刘琦，大叫数声而死。荆州大多数官民，也都能够安心下来。至于蔡瑁等人，不用关羽、张飞出面，当地的将领，如文聘、王威，自然会收拾他们。这样，对于刘备本人的仁义形象也有增无减。若是刘表遗嘱立刘琮为继承人，刘备同样可以辅助刘琮，把刘琦安抚好。以荆州的实力，曹操不见得能攻下来。对于百姓来说，刘备安荆州，才是大家最欢迎的。

领导力箴言

职位越高的人，处境越危险。所以身为高层主管，还要取得领导的信任，这样领导才放心把权力交给你。这种想法本是无可非议的。但是理想与现实之间总是会有差距的，当领导者发现企业的现状与自己的期望有差距时，就要自己调整。当自己的观念调整过来后，领导会发现整个事态都改变了；但领导的观念不改，就改变不了任何人。

若以事为主，那就只好依法办理了。而事一旦离开了人，便变得呆板、刻板，缺乏变化。其实，这正是美国式管理应变能力较差而中国式管理具有变动性的主要原因，也是美国式管理法治大于人治而中国式管理人治大于法治的根本所在。另外，内、外环境都在变。我们一方面要看到内部的环境，一方面还要看到外部的环境。其中有四个方面是最要紧的。

第一，市场的变化是最要紧的。市场永远是模糊不清的，要不然怎么会那么难把握呢？如果市场被看清楚了，那做事就很容易了。

第二，最可怕的是，你不知道什么时候后面的追兵会上来。现有的竞争对手都不可怕，因为你都清楚了，突然间出来的一个才厉害——看不见的敌人最可怕。

第三，不同的行业会把你整个打垮。以前只是同业竞争，现在是不同行业也能竞争，往往是不同行业的竞争者会把你打垮。

第四，内部也是一样，也是要学的。比如人的变动、材料的供需问题等。只要来料一断，整个工作就无法进行。所以，平常跟人家杀价，杀得狠了，市场一发生变化，你的来料会第一个会被断掉。

由此看企业的传承，是需要我们在自己的观念上进行有效改变的。只要改变顺应天理，以人为本就一定要果断坚定自己的立场。毕竟有些时候，依例行事，按照先例依样画葫芦，实际上是找不到此时此地的合理点，才不得不依赖先例以推卸自己的责任。而一般人合理合法，宁愿一切依法行事，便是不喜欢动脑筋、怕负责任，又不善于思考所呈现出的一种无奈。这是一个很大的弊端，会直接影响到整个企业发展和传承的有效推进。

刘表假遗嘱教训：培育人才是领导者的职责

人终会死，对自己来说，大可以不必惊慌。因为没有人能够把所有事情办完再走，不如效仿英国前首相丘吉尔的潇洒态度：“酒店打烊，我就走！”来去清白，何必挂虑？但是，对事业组织而言，则不能说走就走，撒手不管。因为群龙无首，势必引起各种争夺，造成很大的混乱与危机。所以接班人的妥善安排十分必要。

刘表一死，蔡夫人与蔡瑁、张允商议假写遗嘱，立次子刘琮为荆州主人，写降书向曹操投降。曹操大喜，派大军南下。一方面大军逼近，一方面派徐庶前来招降。刘备不为所动，曹操大怒，下令即日进兵。刘备不忍百姓受害，带领大家向江陵而逃。一路上行动十分缓慢，赵云保护老小，张飞断后，关羽和诸葛亮分头求取援兵。人心惶惶，时又值秋末冬初，大家走得和天气一样凄凉。刘备爱护百姓，却又无力保护，内心更是悲伤！

曹操杀掉刘琮母子，又派人往隆中搜寻诸葛亮妻小。幸好诸葛亮已先一步把家人迁往他处，才免遭毒手。

刘表生前，对次子有所偏爱，却又拿不定主意，对接班人并无妥善的处置；死后家人受害，乡土也守不住。可见这些严重的后果，都是刘表未尽责任的后遗症。话说回来，如果不是这样，像袁绍兄弟和刘表，如此庞大的事业，怎么可能说倒就倒呢？富不过三代的教训，比比皆是。重视家教，把下一代教养成人，慎选接班人，好好加以培育和引导，才是生生不息的必要措施。

领导力箴言

不论是一个国家还是一个企业都绝对不能出现群龙无首的局面，只要出现了这种局面，势必会引起各种争夺矛盾，造成很大的混乱与危机。所以接班人的妥善安排十分必要。

领导者最大的责任，其实是培育继任者，让事业得以生生不息，不致因为领导者的更替而导致组织的衰亡。将育才制度化，让继任者承接得宜，才能保证组织的长效发展。

领导者培养领导人才，有以下两种方式。

顺成式。例如，在提拔之前，给予适当的职业训练，让他先了解一些领导的原则和技巧，派任后再加以在职训练，让他从实际中体会和认知领导的艺术。通过不定期轮调，以达到多方面磨炼的效果。领导人才的育成，德行、专业、管理、常识以及体魄五方面要并重。顺着委任和轮调，引导其走上圆通领导的道路。

顺成式的实行是公开的，能够明说且大家都知道。有计划地培育领导人才，原本是应该做的事情，一方面为了组织的成长，一方面也由于新陈代谢的需要。

逆诱式。在顺成式培育之外，随机进行一些特殊的训练。例如，让他在困境中担当职务，故意劳其筋骨、饿其体肤，看看他是不是支撑得住、能够支持多久。也可以逐渐加重他的责任，增加其苦练的机会。逆诱式的训练，目的在于提高其抗御逆境伤害的能力，用以增强贫贱不能移的抗拒力。运用逆诱式的育才方式，最好不要明说才有实效。

逆诱式的施行，实际上比较困难。大多依不同情境设计，事前事后都不说明，目的在于以苦难来磨炼人才。经得起考验的人才委以重责，经不起考验的人下次再以其他形式考验，看其有没有长进。特别是要针对锋芒毕露、自大自负、轻率鲁莽这三大弊病，务须一磨再磨，才能使其成为良好的领导人才。

如今，由上到下普遍缺乏做人方面的修养，是领导人才十分欠缺的主要原因。居上位的人，直来直往，而且不知道员工的心理和需求，也不能用苦难来磨炼员工，经常和员工格格不入，甚至彼此赌气，不能活用班底，也不能为员工留下一条生路。凡此种种，都显示出领导人才缺乏完整而有效培育的现状。往往尚未准备好，就走马上任，成为领导者，不是措手不及，便是走一步算一步，对组织的发展，增加了很大的风险性。身为组织领导人，最好设法对此情况加以改善。

孙权死后东吴混乱：避免团队内部派系斗争

曹操、刘备先后死亡，孙权尚在。他比父亲孙坚、长兄孙策都活得长久，对未来的贡献，也很大。然而活得再久，还是会死。只是死法各有不同而已。孙权看到台风来时，海水倒灌，松柏尽皆拔起，直飞到建业城南门外，倒插在路上，因而受惊成病，日愈沉重。召太傅诸葛恪、大司马吕岱，嘱以后事。死时年 71 岁，在位超过半个世纪，看尽各种变化。

由于孙权的长子孙登很早病故，后改立孙和为太子，又封孙和的弟弟孙霸为鲁王。这两个人分成两派，彼此恶斗。孙权深为忧虑，最后废太子，改封为南阳王。鲁王被赐死，改立少子孙亮为太子。孙权死后，诸葛瑾的大儿子诸葛恪立孙亮为帝，与侍中孙峻，一同辅政。

司马师听说孙权亡故，以司马昭为大都督，总领三路军马攻吴。诸葛恪亲自引兵迎战，大败魏军。诸葛恪一面遣使入蜀，请姜维进兵北伐，许以平分天下；一面领军进东兴，要乘势进取中原，把二十万大军开到前线，不料第一仗攻打新城便遭到惨败。兵败回朝，被侍中孙峻以逆贼罪名斩杀全家老幼。诸葛瑾生前见诸葛恪聪明尽显于外，曾经感叹：此子非保家之主也！现在果然应验。孙亮封孙峻为丞相大将军富春侯，总督一切。三国的传承，情况大抵相似。皇帝年幼，又能怎样？

姜维这边，乘机出兵北伐，以廖化为先锋，也是无功而回。三国的情势发展至此，人才大多用尽，新人来不及补充。再打下去，好像也没有什么意义。分而复合，看来为时不久了。

领导力箴言

有些人没有个人的自大，只有合群的自大。若干人自成体系，经营自己的小圈子，党同伐异，这对于领导的权威是一种公然的挑衅，对于组织的团结是一种严重的破坏。小圈子像恶性肿瘤一样有害，领导者绝不能纵容姑息，要坚决地把它砸烂。

员工拉帮结派，目的无外乎是两个：其一是形成自己的派系打击其他的同事，积累更大的力量进行内讧；其二是经营自己的势力，培植自己的死党对抗领导，伺机取而代之。不论哪一种都会危害整个组织的团结，会威胁领导的权威。

对待如此小圈子，领导绝不能听之任之，保留了他们的权威也就相当于削弱了自己的权威，无异于自杀行为。因此，对于结党营私的员工，明智的领导者一定会毫不留情地砸烂它。

虽然古代有许多皇帝故意纵容下属形成小圈子，以便于自己从中控制，坐收渔人之利，但实际上这样做对于整个组织是不利的，而且一旦某个派系变大，领导者自己就很难驾驭了。“小圈子”中的“小”不是指其能量小、人数少，而是针对它只为少数人谋私利，在组织上排斥大部分人，只注重自己内部的利益，不管全局的利益而言的。有时候，“小”圈子实际上人数众多，其成员大多占据要位，活动能量颇大。

国家基业没有适合的人托付，各个派系争权夺势，力量相当。所以孙权一死，各个派系就开始争斗，导致国家混乱不堪，基业毁于一旦。对于一个企业来说也是这样，如果没有选好接班人，很容易使管理情况陷入混乱。

曹叡托孤启示：谨慎选择授权人

辽东燕王公孙渊，令大将军卑衍为元帅，杨祚为先锋，起辽兵十五万，杀奔中原而来。曹叡大惊，派司马懿兴师前往讨伐。公孙渊哪里是司马懿的对手，被打得城中粮尽，人人怨恨。公孙渊父子投降，俱被斩首。

这时曹叡病重，封曹真之子曹爽为大将军，辅佐太子曹芳，总摄朝政，不久病危，急召司马懿还朝。曹叡仿刘备的方式，将年仅八岁的曹芳，托孤于司马懿及曹爽。曹叡在位十三年，曹芳是养子，大家都不知道他是从哪里来的。曹爽自幼出入宫中，知道他的父亲曹真累受司马懿的气，于是奏请曹芳加封司马懿为太傅，自己则独揽兵权。

司马懿装病，二子也退职闲居。曹爽专权，享受荣华富贵，反而对司马家的虚实并不清楚。刚好李胜奉派为青州刺史，曹爽命其前往司马府辞行，顺便探听消息。司马懿早知其来意，去冠散发，上床拥被而坐，请李胜入座。李胜报告要去青州任职，司马懿假装听不清楚，故意把青州说成并州。司马懿装得很像，笑着说：你方从并州来？李胜说是山东的青州，司马懿大笑说：原来你从青州来。李胜说怎么病成这个样子，左右回说太傅耳聋。李胜要了纸笔，写了一行字呈给司马懿。看完之后，司马懿笑着说：我病得耳聋了，此去保重。然后以手指口，侍婢进汤。司马懿喝得汤流满襟，装出哽噎的声音，说：吾今衰老病笃，死在旦夕了，二子不肖，望多指教，回去见曹爽时，千万请他多给予照顾。说完倒在床上，声嘶气喘。李胜回去后，一五一十告诉曹爽。乐得曹爽大叫：此老若死，吾无忧矣！司马懿待李胜去后，起身向二子说：曹爽从此不会对我们有戒备，可以找机会下手了。不久司马懿果真找到机会，以造反的罪名，斩杀曹爽全家，结束了一场残酷的政治斗争。

刘备托孤，曹叡学得很像。但他没有想过：司马懿和诸葛亮不能相比。何况同时托孤二人，势必引起无谓的纷争。

司马懿和曹真的恩怨，曹叡不可能不知道。同时托孤给司马懿和曹真的儿子曹爽，固然可以收到制衡的效果，使他们不致彼此联合起来，欺侮年幼的皇帝，然而曹爽的功力，哪里是司马懿的对手？请他来，等于要他的命。这一点曹叡为什么想不通？我们可以推想。他并不是想不通，而是没有其他的选择。司马懿位高权重，不请他辅佐，等于害曹芳。不得不请司马懿，只好想办法加以制衡。想来想去，也只有曹爽能够制衡。这真是曹爽倒霉，把他找来，代替曹芳送死。司马懿一看，曹爽的弱点十分明显，要权、要钱、要享受。于是以退为进，装病不出，把所有机会都让给曹爽。两个儿子跟着辞职，全家人不问政事。曹爽派人试探虚实，他又装得十分逼真。李胜为了讨好曹爽，当然形容得特别夸张，等于帮司马懿的大忙，一起来害曹爽。人一旦丧失戒心，缺乏警觉性，随时有被陷害的可能。司马懿何等厉害，不出手则已，一出手便要了曹爽全家人的命。

领导力箴言

古代的托孤对象，实际就是最高领导对部属的一项最大限度的授权。我们说西方人的观念是神本位。他们始终相信有个神在，始终相信上帝可以主宰一切。他们认为君权是神授的。国王或皇帝非常有权，但权是神给他的。但我们相信“天赋人权”这句话是中国人翻译的，因为它的意思基本上是比较接近中国人的观念的。人可以有权，但是这种权力是天赋的，而不是神授的。我们中国人承认天，西方人则认定神。

所以从这个角度来看西方的东西，就可以说，既然神授权给我，我就可以授权给你，你就可以授权给他。而中国人好像不是这样。中国人是人本位，不是神本位。我们以人为本，这一点始终没有改变过。我们讲的是天理良心，天理是天，良心是人，你只要凭良心，老天就会站在你这一边，你就可以行使你的权力。在中国人眼中老天的权力只授给有良心的人，而不授给没有良心的人。所以中国人才会动不动就讲要有良心。

同一件事，只有你可以改变，别人不能改变，当然就是你有权。两个人在一起，谁可以改变另一个人，谁就有权。比如领导可以改变员工，领导就有权；上级可以改变下属，上级就有权。所以说，权就是权变。

有一个词叫作权宜应变，这里面的“宜”字非常重要，它的意思就是要变到合理，不能乱变，乱变就是滥用职权。但在现实生活中，有权的领导却经常都在滥用职权，结果搞得天下大乱。一个人有没有权变的能力、能不能改变，是件很重要的事。你可以改变，但要凭良心，不凭良心，天就会把你的权收回去。凡是不凭良心乱变的人，没有一个有好结果。就三国人物看来，司马懿绝对是个良心缺失的人，他与对立的曹爽可以说是各怀心机。

刘备托孤于孔明，是将国之大业托付给了一个值得信任的、有义气有良心的人。曹叡却将国家托付给了两个恩怨很深的人——司马懿和曹爽。本想以两方力量相互制衡，避免联合起来，欺侮幼主，夺取江山，却不想狡猾奸诈、心狠手辣的司马懿最终以托孤重臣的身份消灭了曹爽，毫不客气地收了江山。